티켓 없는 여행

황성주 에세이

티켓 없는 여행

황성주 에세이

시와정신사

시를 쓴답시고 많은 세월을 보낸 셈이다. 피 말리는 작업 끝에 한 줄 한 줄 태어나는 문인들 작품을 담아내는 문학이라는 큰 그릇을 곁에 두고 살았으니 이만하면 족한 날들이다.

이번에 펴내는 에세이 「티켓 없는 여행」은 완고한 시작법(詩作法)에서 좀 홀가분하게 벗어나 지금껏 살아온 흔적들을 자유롭게 정리한 자서전이기도 하다. 하지만 붓 가는 대로 쓰는 게 아니라는 걸 알기에 편 편 주제를 놓치지 않으려고 애쓴 셈이다.

책의 밋밋함을 줄이기 위해 사랑하는 외손녀 정윤영이의 그림 40여 점을 앞표지를 비롯해 곳곳에 장식해 보았다. 글의 내용과 관련이 없다해도 예술 행위는 뿌리로 닿기 마련 아닌가. 그림을 제공한 정윤영은 아직 초등학교 어린 학생이다. 아이의 눈빛 목소리가 담긴 그림들을 산문집 사이사이 작은 전시회를 열게 되었으니 고맙고 소중한 일이다. 어여쁘게 보시기를 바랍니다.

2025년 초가을

황성주

목차

프롤로그 · 4

1

중독 · 9

티켓 없는 여행 · 25

어느 항해사의 일지(詩) · 32

고래마을 · 37

영화와 아이의 눈물 · 45

그래도 시인들은(詩) · 55

깃발 · 59

초현실에 대한 단상(短想) · 77

평행선 · 85

참혹한 전투 · 95

평행선(詩) · 101

안개와 간이역 · 105

꽃구경 · 113

2

악습 · 121

악습(詩) · 133

처갓집 가는 길 · 137

기후변화 · 145

태풍 사라 · 155

나라와 자유 · 165

빗나가는 소리(詩) · 175

천변 산책길 · 179

명당자리 · 187

프랑스 관망대 · 197

아버지의 비탈밭 · 205

화투(詩) · 213

욕망 · 217

운명 · 223

중독

지상전 2

혼자 있는 집은 앉았어도 누웠어도 신문을 읽어도 심심하다. 바다보다 깊은 적막함에 무릎이 풀리고 가슴 한구석이 녹아내리는 듯하다. 좁은 방안에 멍하니 앉아 있는 것보다는 텔레비전이라도 보는 게 나을까 싶어 리모컨을 집어 든다. 그러나 검은 상자에서 흘러나오는 영상과 소리만으로는 별다른 반전을 기대할 수 없을 것 같아 내려놓는다.

화려한 공작새 꼬리 깃털 같은 집문서, 컴퓨터, 휴대폰을 차례로 꺼내 들며 춤이라도 출까. 그 춤사위가 심심한 바다 저 멀리 퍼져 생생한 파도라도 이끌고 돌아올 수 있다면 좋을 텐데. 좁은 방에 갇혀서는 출구가 보이질 않는다. 자리에서 일어나 차 트렁크에 낚시가방을 싣고 가속 페달을 밟는다.

먼 수평을 가진 호숫가에 낚싯대를 펼쳐 놓고 앉는다. 그리고 잔잔한 은색 물결 위에 눈 시리게 부서지는 봄볕을 바라본다. 호수를 부드럽게 감싼 산에는 갓 돋아난 연녹색 이파리들이 차오르고 있었다.

누군가 차를 몰고 와 천천히 호숫가에 세우고 내린다. 그리고 호수를 한 바퀴 둘러본 뒤 저 멀리 앉아 있는 다른 낚시꾼들을 향해 걸어가고 있었다. 저 이도 답답한 제 작은 방에서 도망치듯이 빠져나와 이곳으로 오고 있는 건 아닐까.

누가 누구를 만난다는 건 좁히기 어려운 낯선 사이를 확인하는 일이요. 고집스럽게 굳어버린 오해와 마주치는 일이요. 일용할 양식을 구할 기회요. 서로 잠시 대화를 나눌 수 있는 일이기도 하다.

그는 다른 낚시꾼들과 한동안 두런거리다가 살림망을 꺼내 조항을 확인하는 것 같았다. 그리고 천신만고 끝에 도착한 곳일지라도 다시 떠나야 하는 사람처럼 자리에서 일어나 이곳을 향해 오고 있었다. 나는 점점 가까이 다가오는 그에게 손사래를 치며 그곳에서 잠시 발을 멈추시고 당신이 누구신지 알려 달라고 간청하고 싶었다. 그러나 그는 순간의 전후가 다른 변화무쌍한 시간의 파도를

타고 숨차게 오는 애달픈 처지라서 그럴 틈이 없다는 듯 성큼성큼
경계선을 넘어오고 있었다.

　마치 밀려오는 무도(無道)한 적군 같기도 하고 심심한 바다 위
에 비릿비릿한 체온을 뿌리며 오는 것 같기도 하였다. 그 모습을
구름 위에서 바라보면 막막한 바다 위를 정처 없이 떠도는 조각배
처럼 보이기도 할 것 같았고, 작은 그림자를 이끌고 힘겹게 표류
하다가 가까스로 내 곁에 도착하는 작은 물체처럼 보이기도 할 것
같았다.

　"입질 좀 받았소?"
　"잠잠합니다."

　나는 마법에 걸린 사람처럼 부질없이 늙어버린 그의 부석부석한
얼굴을 바라보고 있었다. 유년 시절을 환한 등불처럼 밝혀오던 크
고 맑은 눈동자는 어디에서 잃어버렸는지 간 곳이 없고 누런 황갈
색만 남아 있었다. 그는 꼬리를 가진 눈두덩이 속에서 거친 세파
에 시달려온 눈동자를 굴리며 나를 마주 보고 있었다.

　두 늙은이는 어디서 무엇을 하다 이리 뒤늦게 만나게 된 것일
까. 그 같은 사실이 새삼스러워 좀처럼 좁혀지지 않는 사이를 가
로막고 있는 낯선 차이의 벽을 무너뜨리기라도 할 듯이 자리에서

벌떡 일어나 영감의 손을 잡아보고 싶었다.

왜 갑자기 그 같은 충동이 일어난 것일까. 저 예기치 못한 낯선 영감 등장에 마음의 변화가 일어나서일까. 그보다는 끈질긴 손익 계산서를 펼쳐 놓고 먹고 사는 문제를 주도적으로 해결해온 영악한 욕심 때문에 상처를 받은 감성의 반발 때문이었는지도 모른다. 예민한 감성은 샘물처럼 솟는데 찌든 욕심은 동전 한 푼 생기지 않는 일에 매달리면 굶어 죽기 십상이라며 수시로 경고음을 울리고 있었다.

그 경고음을 무시하듯 허벅지까지 축 늘어진 영감의 두 팔 끝에 매달린 두툼한 손을 덥석 잡았다면
"아! 당신도 심심한 늪에 빠져 허우적거리는 외로운 병에 걸렸구려. 동병상련이오."
내 시린 손을 살갑게 마주 잡아주었을까. 어림 반푼어치도 없는 소리다. 그저 그런 규칙과 습관, 상혼(商魂)으로 뼛속까지 물든 영감은 기습을 당한 듯 화들짝 놀라 뒷걸음치며
"이거 미친놈 아냐?"
욕지거리를 내뱉으며 뒤돌아보지도 않고 도망쳤을지도 모른다.

낯선 사이를 좁힌다는 게 왜 이리 어렵고 까다로운 것일까. 태어난 시간과 장소가 다르고, 생긴 모양이 다르고, 보고 배운 것이

다르고, 먹고 마시며 살아온 습관이 다르고, 사물을 보고 느끼는 감각이 달라서일까. 그 차이를 좁히지 못해 거리에는 전쟁 같은 전운(戰雲)이 흐르는 날들이다.

오늘 아침 천변 산책길을 걷다가 무성한 잡초 속에서 검붉은 색깔이 터져 나올 듯이 화려하게 핀 양귀비꽃을 볼 수 있었다. 화초용으로 개량한 듯이 보이는 그 꽃은 해마다 오월이 오면 천변 산책 길가에 드문드문 피어 오가는 이들 시선을 사로잡는다. 하지만 그 양귀비꽃이 아무리 화려하다 하다 해도 그 주위를 겹겹 에워싼 무성한 잡초들이 없었다면 무슨 소용인가.

나름대로 꽃을 피우고 씨를 맺으며 절정의 순간을 호흡하며 사는 잡초들이 어느 날 갑자기 눈부신 양귀비꽃 주변에서 신기루처럼 사라진다면 양귀비꽃만 남을 것이다. 가고 가도 양귀비꽃만 볼 수 있게 된다면 몽환 같은 눈빛도 잠시 사람들은 질린 얼굴로 고개를 흔들었을 것이다. 저마다는 서로 다를 수밖에 없는 차이로 얽혀 사는 중이다. 그러함에도 같은 얼굴, 같은 생각, 같은 눈빛 목소리만 가득하다면 무슨 수로 그 재앙에서 벗어날 수 있을까. 따라서 저마다는 낯선 사이사이에 머물며 제 욕망을 해결할 수밖에 없는 일이다.

서로 좁히기 어려운 차이에서 오는 아픔과 슬픔을 빛나는 개성으로 말끔히 씻을 수 있었다면 맑은 개울가 바람 속에서 봉우리를 올리는 수선화처럼 수수하게 살 수도 있었을 것이다. 오늘도 사건 사고로 얼룩진 거리에는 두툼히 깔린 고뇌 깊어만 간다.

나는 가능한 그와 무난하게 대화를 이어가고 싶었다. 하지만 상대를 편하게 해줄 말을 찾는 일도 쉽지 않아 잠시 머뭇거렸다. 그 짧은 동안에도 실핏줄 한 가닥도 없는 심심함은 어느새 주위를 빈틈없이 에워싸고 있었다. 어찌 보면 사람의 삶의 기원(紀元)이란 저 심심한 안개와 치열하게 싸워온 흔적이요. 통신이요. 줄거리요. 업적은 아니었을까.

"이곳으로 오기 전에 다른 낚시꾼들 살림망을 꺼내 보았는데 붕어 대여섯 마리는 잡았습디다."
나는 그의 손을 잡아보고 푼 충동을 누르며
"요즘에도 붕어가 나와요?"
상냥하게 너스레를 떨었다.
영감은 빙긋이 웃으며 월척급이라고 속삭였다.

그는 내 낚싯대 끝 멀리 작은 꽃망울처럼 돋아난 연녹색 찌 끝을 바라보다가
"아, 글쎄 붕어 몇 마리 잡겠다고 텐트까지 쳐놓고 며칠 밤을 꼬박 새웠다고 합디다."

　처음부터 대화는 흩어진 퍼즐 조각처럼 빗나가고 있었다. 아니 맞출 방법이 없음에도 내가 원하는 방향으로 나가기를 고집스럽게 원하고 있었는지도 모른다. 복잡미묘한 감정 사이로 봄바람이 솔솔 불어와 호숫가에 흐드러지게 핀 벚꽃을 눈송이처럼 날리며 잔잔한 물결 위에 뿌린다.

　영감은 뜬금없이 밤낚시를 해본 적 있느냐고 묻는다. 나는 거품처럼 끓어오르다 식어버리는 삶의 애증을 버리지 못하고 사는 터라 젊은 시절에 한두 번 해본 적 있었다고 실토를 한다.

　"밤낚시 그거 좋지요. 하지만 늙은이들은 조심해야 합니다. 지난 장마철 때 이 부근에서 며칠 밤낚시를 한 적이 있습니다."
　"그 연세에?"
　나는 부러운 듯이 물었다.

　그는 비장한 얼굴로 옆에서 같이 밤낚시를 하던 영감은 죽었다고 하였다. 죽은 영감은 이곳 마을 사람이라는데 나이를 생각지 않고 밤낚시를 계속하다가 지병이 도졌는지 과로 때문인지 이튿날 아침 아는 이가 찾아와 영감의 트럭 문을 열었을 때는 이미 숨을 거둔 상태였다고 하였다. 그 이후부터는 이곳을 찾아올 때마다 죽은 영감의 푸르스름한 얼굴이 떠올라 마음이 착잡하다고 털어놓았다.

　죽음과 생명이 한 몸처럼 돌고 도는 이곳은 살아 있는 이들보다는 죽은 이들이 많은 곳, 좁은 골목 응달 모서리에 돋아난 작은 야생화 한 송이가 눈부시다.

　밤낚시를 해야 낚시꾼들의 로망인 월척급 붕어를 잡을 수 있다는 빤한 이야기를 들을 줄 알았는데 아니었다. 그제야 늙은이들은 밤낚시를 피하는 게 좋다는 영감의 진의를 알게 되었다.

　영감은 하고픈 말 다 했는지
“손맛 좀 보고 가시구려.”
짧은 인사를 남기고 휑하니 멀어져 갔다.

　시작이 있으면 끝이 있듯이 만나면 헤어지는 게 순리다. 떠나간 영감은 지금껏 살아오면서 만나고 헤어졌던 이들 중 한 사람일 뿐이다. 나도 그에게는 그럴 것이다. 그러나 그와는 이 너른 호숫가에서 처음 만나 말을 섞어본 사이요, 저리 무정하게 떠나가면 다시는 만날 수 없는 사이인지도 모른다. 그 같은 사실이 새삼스러워 가슴이 울컥거렸다.

　누가 보건 말건 땅에 질펀하게 앉아 울고 싶었다. 펑펑 울고 나면 사슬처럼 옥죄이던 부조리한 삶의 굴레가 훌훌 벗겨져 새롭게 변신할 수도 있지 않을까. 하지만 나는 영악한 손익계산서를 최후의 보루처럼 품고 다니며 아파하고 슬퍼하다 어느 날 속절없이 떠나야 할 늙은이가 아닌가. 눈물 한 방울 흘러내리지 않았다. 돌아보면 지금껏 의지하며 살아온 합리적인 이성(理性)조차도 무궁무진한 감성의 세계를 제대로 탐색조차 하지 못한 채 예리한 촉수를 잃고 시들어가는 건 아닐까.

나는 속임수로 뿌옇게 흐려진 허공을 뚫고 까마득히 날아가고 싶었다. 한없이 날고 날다 보면 외로움 없이도 살 수 있는 종착지에 닿을 수 있을지도 모른다. 하지만 이 별 저 별 기웃거려도 발 내릴 곳 없어 다시 돌아와 거친 비바람과 눈보라를 맞으며 질척질척 사는 중이다.

영감은 비밀 창고 같은 오해의 강을 한 치도 건너 오지도 못한 채 어설픈 만남의 흔적을 남겨놓고 홀연히 사라져갔다. 떠나간 사이를 아쉬워하는 이 순간에도 영감은 이곳에서 저곳으로 쉴 새 없이 부단하게 움직이며 이런저런 생각으로 하루를 보내다가 저무는 해를 바라보게 될 것이다.

하지만 영감과 짧게 만났던 관계는 연기처럼 끝나는 게 아니다. 영감은 희미한 기억 속에 그림자처럼 남아 있다가 어느 날 갑자기 현령(顯靈)처럼 불쑥 나타날지도 모르는 일이다. 나는 다시 심심

한 고도(孤島)에 갇히는 게 두려워 재빠르게 희미한 기억 속에 잠
긴 추억 하나를 반딧불처럼 꺼내오고 있었다. 돌아보면 누구나 지
나간 일들을 가져와 지금이라는 순간순간을 살고 다음이라는 순
간들을 사는 게 아닌가.

    ＊＊

　그날도 요즘처럼 이른 봄이었다. 예전에는 이 호수 곳곳에 향어
가두리양식장이 있었다. 그곳에서 빠져나온 치어들이 양식 그물
망 밑에서 흩어지는 어분을 받아먹으며 탐스럽게 자라 그 주변을
떼 지어 다니곤 하였다. 그 때문에 손맛 좀 보려고 찾아오는 낚시
꾼들 발길이 끊이질 않았다. 나도 낚시점에서 그려준 약도를 가지
고 그중 한 군데를 찾아갔다. 그러나 그곳은 이미 다른 낚시꾼들
이 나란히 앉아 끼어들 틈이 없어 좀 떨어진 곳에 자리를 잡았다.

　잠시 후 여기저기서 낚싯대가 활처럼 휘어지는 게 보였다. 하지
만 향어들은 소나기처럼 입질을 하다가도 갑자기 뚝 끊기곤 하였
다. 두어 시간 방심하고 앉아 있던 어느 낚시꾼은 느닷없이 차고
나가는 낚싯대를 황급히 움켜쥐고 일어섰다. 그리고 처음 입질을
받았다며 희열에 찬 목소리로 탄성을 질렀다.

　그는 한동안 향어와 팽팽히 밀고 당기며 싸우고 있었다. 커다란
물 파장을 일으키며 저항하던 향어는 이내 힘을 소진했는지 순순

히 끌려오고 있었다. 하지만 그는 뜰채를 가져오지 않았든지 낚싯대를 뒤로 젖혀 놓고 줄을 잡아당기기 시작하였다. 녹색과 회색, 금빛이 곱게 물든 그림 같은 옆구리를 가진 향어는 물가에 몸을 드러내고 죽은 듯 누워 있었다. 흥분한 사내는 황급히 두 손을 뻗어 향어를 움켜쥐려고 하였다. 그러나 그 순간 발이 미끄러지는가 싶더니 억, 하는 외마디를 허공에 뿌리며 물속으로 곤두박질을 하고 말았다.

풍덩, 사내가 빠지는 소리에 같이 낚시를 하던 이들이 일제히 자리를 차고 일어났다. 그러나 물에 잠긴 사내는 쉽사리 떠오르지를 않았다. 한발만 헛디뎌도 천 길 낭떠러지 같은 인생사가 아닌가. 무겁고 초조한 시간은 무심히 흘러갔다. 그러나 그는 이대로는 죽을 수는 없다는 듯 머리를 불쑥 내밀고 허우적거리기 시작하였다.

옆에 앉아 있던 낚시꾼은 자기 낚싯대 세 대를 들고 달려와 기다리다가 재빨리 그 끝을 그에게 내밀었다. 낚싯대 끝을 움켜쥔 사내는 물의 부력 때문인지 무사히 밖으로 나올 수 있었다.

다른 낚시꾼들이 그에게 다가가 괜찮냐고 묻자 시퍼렇게 질린 입술로 살려줘서 고맙다는 말을 거듭하였다. 그리고 차가운 봄바람에도 흠뻑 젖은 옷을 남김없이 벗어 꾹꾹 짜낸 뒤 다시 입기 시작하였다. 얼마나 불안하고 무섭고 힘들었을까. 이쯤이면 서둘러 낚싯대를 챙겨 집으로 돌아갈 순서였다. 그러나 그는 자리를 뜨질 않았다. 마치 저항할 수 없는 어떤 강한 힘에 이끌려 가는 가엾은 물체처럼 다시 낚시 의자에 앉아 바늘에 어분 떡밥을 달고 낚싯대를 휘둘렀다. 이 믿기 어려운 희극적이고 비극적인 욕망은 어떤 연결고리로 움직이는 것일까.

야구장에 가득 찬 관중들은 작은 공 안타 하나에 몸부림치듯 함성을 지른다. 그건 자신을 겹겹 에워싼 심심함을 깡그리 뿌리치려는 흥분이요. 외침이요. 또 다른 얼굴은 아니었을까. 누구나 적막강산에 침몰 되지 않으려고 사랑에 빠지고, 돈과 권력에 빠지고, 낚시와 스포츠에 빠지고, 영화와 음악에 빠지고, 미술과 문학에 빠지고, 누군가에게 무언가에게 미쳐 사는 건 아닐까.

한순간도 미치지 않고는 살 수 없는 게 인생사라면 미치고 미쳐야 한다. 그리 미치지 않고 무슨 수로 원하는 걸 얻을 수 있으며 능률을 올릴 수 있을까. 하지만 그 미침의 도착지는 선명하다. 남이야 어찌 되든 나 하나 잘 되면 그만이라는 광기는 다른 이들을 고통스럽게 할 뿐이다.

자꾸 착해져서 굶어 죽을 필요는 없지만 그래도 꼿꼿하게 땀 흘려 일하는 이들이, 법 없이도 살 수 있는 이들이, 모서리에 웅크린 아픔을 일으키는 이들이, 낯선 차이를 자유롭게 넘나드는 예술가들의 아름답고 슬픈 향연이 그립다.

　나는 잠시 곁을 내준 영감을 고마워하며 낚싯대를 접는다. 은색 호수는 심심함과 티격태격거리다 돌아가는 어느 늙은 낚시꾼의 작은 등을 하염없이 바라보고 있었다.

지상전 3

티켓 없는 여행

지상전 4

사는 순간순간이 모험이요. 여행이라면 다람쥐 쳇바퀴처럼 돌아가는 고단한 일상으로부터 잠시 국경선 밖으로 훌쩍 떠나는 것도 괜찮을 듯하다.

고풍스럽고 매혹적인 건물들과 푸르른 언덕과 꽃밭, 탁 트인 바다와 눈 덮인 웅장한 산맥, 고요한 달빛 아래 몽환 같은 음악을 들으며 한가롭게 차를 마시거나 산책하는 풍경은 상상만으로도 이색적이다.

하지만 나는 번거롭게 짐가방을 끌고 떠나는 것보다는 속도 빠르게 광범위한 영역을 오갈 수 있는 티켓 없는 여행을 하려고 한다.

　이곳은 파리, 어디로 갈까. 그 옛날 신 구교 갈등으로 다투고 싸우다 무수히 죽어간 이들이 묻힌 곳이나 기웃거릴까. 많은 토지를 소유하고도 세금을 면제받는 귀족들의 풍족한 삶의 흔적이나 둘러볼까. 아니면 미국독립전쟁에 막대한 재정을 쏟아부어 경제 파탄을 부른 루이 16세가 처형된 곳이나 찾아가 볼까.

　그보다는 춥고 배고픈 군중들 분노가 폭발해 혁명으로 이어지던 파리 곳곳을 배회하는 건 어떨까. 단두대 이슬로 사라진 로베스피에르와 당통을 뒤로하고 황제 나폴레옹의 피 묻은 깃발들이 보무당당하게 지나가던 개선문이나 천천히 한 바퀴 돌아볼까.

　서민들의 고달픈 삶이 고스란히 서려 있는 좁은 골목에서 몽마르트 언덕으로 향하는 건 어떨까. 몇몇 화가와 문인들을 아는 게 고작인 내 작은 가슴으로 저 차갑고 뜨겁고 예리한 예술혼으로 장식된 파리의 자유를 얼마나 품고 누릴 수 있을까.

　삶에 찌든 파리를 떠나 아이티섬으로 들어가 원시적인 자연풍경에, 소박한 원주민들의 생활에, 그들의 토속신앙에 흠뻑 빠져 원초 밑바닥에서 솟아오르는 생명력을 원색향연으로 유감없이 그려낸 고갱을 지나 점선(點線) 화가를 찾아간다.

그는 갈 곳 없는 고갱을 잠시 받아들여 같은 화실을 쓴 적이 있었는데 차갑고 냉정한 객이 자신의 그림을 냉소하며 비난하자 분을 참지 못하고 자기 귀를 자른 뒤 붕대로 칭칭 감았고 그 모습을 자화상으로도 남겼다.

당시 인상파 화가들은 화폭에 빛을 끌어들이려고 애썼는데 그는 정물이든, 인물이든, 풍경이든, 길고 짧고 가늘고 굵은 점선으로 화면 전체를 채우곤 하였다. 빛과 어둠이 뒤섞인 점선들은 깊은 생명력을 품고 고요히 배치되었다가도 폭풍처럼 회오리치는 역동의 시간으로 전환하기도 한다. 불꽃처럼 그림에 매달리던 고흐도 변화무쌍한 시간의 고통을 견디지 못하고 요동치는 먹구름에 까마귀 떼 음산하게 나는 밀밭 풍경을 끝으로 막을 내린다.

나는 그림밖에 모르고 살다 자살한 성실한 화가 고흐를 떠나 멋진 콧수염을 가진 모파상으로 향한다. 그는 죽은 지 백 년이 넘었는데 아직도 즐겨 찾던 에펠탑 꼭대기에서 파리를 굽어보며 작품 구상에 몰두하고 있을까.

그는 신분 서열 사회가 착하고 어리석은 이들을 어떻게 착취하고 혐오하는지 간결하고 유려한 문체로 허구 속에 잠긴 진실을 꺼내 가로등 불빛처럼 밝히곤 하였다. 나는 200여 편 넘는 소설을 세상에 뿌리고도 창작욕에 영면하질 못하고 파리의 지붕 위를 떠돌지도 모를 그의 영혼에 경의를 표한 뒤 잠시 사르트르를 찾아간다.

그의 소설 「구토」의 주인공은 가끔 카페여주인과 육체적 쾌락을 누리거나 가나다라 순서대로 책을 읽는다는 독학자와 대화를 나누는 게 고작인 고독한 생활을 한다. 어느 날 도서관식당에서 독학자와 음식을 먹으며 대화를 나누다가 치열한 전투 속에서도 남는 건 고귀한 인간 정신뿐이라는 말에 역겨움을 참지 못하고 화장실로 달려가 구토를 한다.

그는 바닷가에서 물수제비뜨기를 하려고 조약돌을 집었다가 구토가 올라와 놓아버린다. 그 후부터는 사물이 몸에 닿거나 스칠 때마다 메스꺼움에 시달린다. 그뿐 아니다.
따분하고 밋밋하고 무미건조한 생명력 없는 말들을 구차하게 주고받으며 사는 이들에게도 염증과 구토를 느끼기도 하고, 독학자가 살인을 저질렀다는 사실에 절망한다.

어둡고 부조리한 삶의 불안함을 끊임없이 회의하고 부정하며 무의미한 세계로 접어들면서 비로소 자유를 느낀다는 주인공, 그 곁을 떠나 사뭇 다른 시각으로 글을 쓰는 까뮈의 창가를 서성인다.

그의 소설 「페스트」의 주인공은 흑사병이 빠르게 동네에 번지자 틈만 나면 인간 존엄을 입에 달고 다니던 이들이 먼저 도망치는 걸 담담히 바라본다. 짐을 꾸려 서둘러 빠져나가는 이웃들이 함께 가지고 권했으나 의사가 환자를 두고 떠날 수는 없다며 거절한다. 나는 신선한 공기를 마신 것 같은 얼굴로 그의 단편소설 「악령」으로 이동한다.

한 젊은 신학도는 문명이 닿지 않는 밀림 속에서 야만스럽게 사는 원주민들을 구해야 한다는 신부의 강의에 감명을 받고 아프리카로 떠난다. 그는 깊은 숲속에 모여 사는 원주민들에게 이 지독한 생활에서 벗어나 문명의 세계로 나가야 한다며 설득한다. 하지만 신학도의 말을 알아들을 수도 이해할 수도 없는 원주민들은 그를 잡아 나무에 묶은 뒤 손발톱을 뽑고, 혀를 자르는 가혹한 짓을 한다.

처음에는 상상조차 할 수 없었던 끔찍한 고통이라서 차라리 죽은 게 낫다며 울부짖는다. 그러나 그 지독한 날들을 참고 견디다 보니 조금씩 익숙해지고 면역력이 생겨 나중에는 문명에서 살 때처럼 불편함을 느끼지 않고 주민들과 어울리게 된다. 그 같은 소식을 들은 신부는 고립된 제자를 찾아가 속히 이곳에서 함께 벗어나 돌아가자고 설득한다. 그러나 제자는 신부의 목을 졸라 죽인다.

까뮈가 연극무대에 자주 올렸다는 이 소설을 가끔 곱씹어본다.

그는 아프리카의 원주민들을 소설 소재로 택했지만, 악령이란 사람 사는 곳이면 어디든 광범위하게 살아 숨 쉬는 무지와 악습, 허구와 탐욕이요. 그릇된 권력과 오해들이 끊임없이 충돌하며 이어지는 세계가 아닌가. 그걸 무슨 수로 평정하고 고사시킬 수 있을까.

철학과 문학이 풍부한 독일 쪽을 기웃거리다 나치의 광기가 떠올라 발길을 돌린다. 인도를 줘도 셰익스피어와 바꿀 수 없다는 영국의 오만과 타락 부패를 신랄하게 비난했다는 「걸리버 여행기」를 거쳐 아름답고 슬픈 아베마리아가 물결치는 밀라노 대성당을 찾아가려다 카프카를 가진 체코 프라하로 가 그의 장편소설 「성(城)」과 「변신(變身)」을 거쳐 단편소설 「굶는 광대」에 이른다.

나름대로 해석한다면 예전에는 사람들이 예술에 열광하며 살았었다. 하지만 세월이 가며 신기한 동물원(산업혁명으로 추측됨)이 생기자 모두 그곳으로 우르르 몰려갔다. 사람들 발길이 한산해지자 갈수록 춥고 배고픈 광대들은 무기력해져 갔다. 동물원에서 사람이 찾아와 이렇게 지낼 바에는 차라리 동물원의 빈 울안에 들어가 굶는 시합이라도 해보자는 제안을 해온다.

이색적이고 특별한 행사라서 떠난 사람들이 돌아올지도 모른다는 기대감으로 굶는 광대들의 시합은 시작된다. 그러나 드문드문 찾아오던 이들마저 곧 흥미를 잃고 발길을 돌린다. 흥행은 실패로 끝났는데 어느 한 광대는 기록을 갈아치우겠다며 고집을 굽히지 않는다.

굶는 광대들은 대부분 시합을 포기하고 돌아갔는데 홀로 남은 그 광대는 굶기를 고집하며 앙상하게 죽어가고 있었다. 한 동물원 관리사가 찾아와 그의 귓가에 당신은 세계 최신기록을 세웠다고 속삭인다.

치열한 물욕과 다양한 예술작품으로 성장해온 현란한 맨하탄의 어두운 할렘가를 떠돌다가 가고 가도 끝없는 갈림길에 지쳐 언어와 습관이 익숙한 집으로 돌아온다. 그리고 모험 없이는 살 수 없는 인생사를 위해 다른 여행을 생각해 본다.

어느 항해사의 일지

지상전 5

벽시계 초침소리에 깨어
방안을 서성이다 창 밖으로 나간다

컴컴한 새벽부터 분주히 움직이는 이들은
사상의 도구요 재료요 골목골목을 잇는 눈빛 목소리요
개울에 깔린 조약돌 같기고 하고
도미노 게임처럼 밀려 오가는 물결 같기도 하다

미끄러지는 뱃머리에서 사유(思惟)의 정수리를 돌 듯
예리하고 따듯한 문인들 글들이 총총한 별처럼 빛나는데
뒤늦게 일어난 아내가 숨차게 뒤쫓아 오며
인생은 구름 밟듯 가는 게 아니라

땀 흘린 댓가로 질퍽질퍽 사는 거라며
돌아오라 소리치고 있었다

반나절도 못가 비릿비릿한 거리의 암초에 걸려 회항하듯
아내의 작은 가슴에 얼굴을 묻고 눈시울을 붉히며
요동치는 시장(市場)을 균형 잃은 물체처럼 떠돌지도 모른다

고인 물을 탈출하는 물고기들처럼 깃발 날리는 함성들 지나가는
데
일손을 멈추고 정오의 휴식을 취하던 이들이
작은 배를 멈춰 세우고 둘러싼다

나는 천천히 배에서 내려 그들을 향해 성큼성큼 걸어간다
누군가 이 치열한 거리에서 분방하게 살아온
댓가를 치뤄야 한다며 검은 항아리를 내민다
뒤돌아 보지 않고 순순히 두 손을 항아리 속에 밀어 넣는다

살모사 이빨보다 차갑고 예리한 공기가
손 끝에서 전신으로 퍼져
나폴레옹의 총 맞은 말단 병사처럼
사지를 부르르 떨며 뻗어 나간다

어느 늙은 수녀는 목에 걸린 작은 나무 십자가 하나로
　인생의 고통을 덜어온 듯 가슴에 성호를 긋고, 누군가는 가엾다
고 혀를 찬다

　모서리에 웅크린 이들 눈물로 마비된 사지를 풀고 일어나
　돌아오는 깃발들 소리를 붉은 노을이 지는 팔월의 광장에
　관용의 꽃처럼 뿌리며 아내가 기다리는 집으로 돌아간다

　* 현실과 이상 사이를 끊임없이 떠도는 어느 항해사의 고뇌를 일지처
럼 그린 것.

조영무

고래마을

지상전 5

우연히 충북 이원에 있는 고래 마을을 다녀온 적 있었다. 그곳에는 병풍처럼 둘러싼 산들이 고래 모양의 호수를 품고 있었다. 고래는 탁 트인 둑 쪽을 향해 있었고 타원형의 몸집 끝에는 두 갈래 산기슭에서 흘러내리는 물이 고래 꼬리 모양을 만들고 있었다.

그 꼬리 오른쪽 산 언덕에는 그림 같은 작은 마을이 자리 잡고 있었고, 밤마다 검푸른 호수는 마을 사람들을 등에 태우고 모험 없이는 살 수 없는 어딘가로 세차게 나갈 것 같기도 하고, 마을을 지키는 수호신처럼 보이기도 하였다.

호수 꼬리 쪽에는 물을 건너가는 예쁜 나무다리가 놓여 있었고 그 끝에는 호수를 둘러볼 수 있는 산책로가 이어지고, 널찍한 뜰을 가진 개방된 갤러리가 자리를 잡고 있었다. 그곳은 한 여류 미술작가의 작품 산실이요. 전시장이기도 하다.

그녀는 무엇에 이끌려 그곳에 정착하게 된 것일까. 호수를 둘러싼 산세에, 정처 없이 흘러가는 구름에, 산을 깨우는 맑은 새소리에, 밤마다 쏟아질 듯 빛나는 별빛에, 순박한 마을 사람들에게 이끌려 둥지를 튼 건 아닐까.

널찍한 갤러리 안에도 뜰에도 그녀가 빚은 조각 작품들은 곳곳에 놓여 있었고 작품으로 형상화된 남녀노소는 반달처럼 환하게 웃고 있었다. 저 어둠을 모르는 맑고 깨끗한 웃음은 어디에서 오는 것일까. 치열한 경쟁으로 찌든 도시로부터 한발 물러나 흙의 심연 속에서 솟아오르는 생명력을 고스란히 작품에 담아 그처럼 신선하게 보였던 건 아니었을까. 그곳에 가면 그녀의 영혼 같은 조각 작품들을 만날 수 있다.

나는 독창적인 개성을 한껏 펼치는 미술작가들을 좋아하는 편이다. 그들은 외로운 바다를 힘차게 차고 오르는 역동적인 힘을, 그리고 지치고 목마른 이들에게 미술의 신선함을 유감없이 보여주었기 때문이다.

　　그곳을 두 번째 방문했을 때 갤러리 입구 옆에 새로 전시한 또 다른 작품 한 점을 볼 수 있었다. 두툼한 검은 종이를 오려서 만든 작품인데 한 아름이 넘어 보이는 나무 둥치였다. 죽음을 상징하는 그 뭉뚝한 검은 나무둥치 위에는 극과 극의 경계선 같은 여러 가지 꽃들이 가득 피어 있었다.

　　뜰에 진열된 다른 작품들에 비해 새로운 렌즈를 사용한 셈이다. 하지만 그 같은 변화된 기술적인 시도에도 작가의 주제는 변함없어 보였다. 어쩌면 이 같은 생각은 단편적인 시선일 뿐 그녀의 영혼 속에는 엿볼 수 없는 또 다른 작품들이 꿈결처럼 흐르고 있는지도 모른다.

　　그녀는 돈과 권력에 찌든 이들과는 다르게 마을 여인네들과 공동 미술 작업을 하기도 하고 소박하게 끓인 음식을 화기애애하게 나눠 먹기도 하였다. 한 여류 미술가가 중심이 되어 십 년 지기들처럼 어우러져 지내는 모습을 보면서 모처럼 만에 사람 냄새를 맡는 것 같았다.

　　미술이란 빛과 어둠 속에 흐르는 향연 같은 순간을 포착해 담아내는 진지한 작업이 아닌가. 나는 안갯속 징검다리를 힘겹게 건너가는 이들 곁에서 그녀에게 전화를 건다.
　　"선생의 작품을 소재로 간단하게 글 한 편을 썼는데 읽어보시고 불편한 곳이 없다면 이번에 발간하려는 에세이집에 같이 발표를 하려고 해요."

나는 원고를 가지고 집을 나선다. 옥천을 거쳐 그곳에 도착해 보니 그녀는 무언가를 하다가 방문객을 맞이해 주었다. 그리고 차 한 잔을 주겠다며 자리를 비운 사이 그녀가 집중하던 작품을 살펴보았다.

부드러운 흙으로 갓 빚어낸 온화한 중년 여인의 얼굴에는 예리한 칼끝으로 절묘하게 파낸 섬세하고 부드러운 눈이 있었다. 부처보다 가늘게 뜬 두 눈은 세상을 저 멀리 관조하듯이 바라보는 듯하였다. 아니 그 눈은 부처상에서는 찾을 수 없는 요염한 생명력이 미술의 본성처럼 빛나고 있었다. 그리고 그 여인상은 약간 허리를 굽히고 세상 깊숙이 얼굴을 디밀고 마주 보는 이들에게 내가 가진 걸 아낌 없이 내줄 테니 남김없이 가져가라 듯이 너그러운 미소를 잔잔히 짓고 있었다. 그리고 어여쁜 두 팔 두 손은 언제까지나 빛나는 얼굴을 지킬 듯이 여유롭게 뒷짐을 지고 균형을 잡고 있었다. 미술가의 언어는 시인의 언어보다 더 간결하게 압축된 물결 같았다.

어느 작품이든 변화를 거듭하지 않으면 제 자리를 답습할 뿐이다. 명작이란 관람하는 이들의 가슴을 설레게 하는 신선한 기법의 공연이요. 깊은 생명력을 풍기는 여운의 이름이기도 하다. 이 아름다운 여인상을 해산한 작가는 끊임없이 그 정점을 향해 가는 것 같았다.

그뿐 아니었다. 그 옆에는 최근에 완성한 듯 보이는 소품 몇 점이 진열되어 있었다. 그중에 한 사내는 균형을 잃은 듯한 얼굴을 약간 숙이고 사건 사고로 얼룩진 인생사를 고뇌하듯이 앉아 있었다. 그리고 독하기 이를 데 없는 사람의 끝없는 욕심에 질려버린 듯 서 있는 사내도 있었다. 창백하게 멈춰버린 듯한 그 작은 얼굴에는 날카로운 송곳으로 치밀하게 찍은 듯이 보이는 두 눈이 있었다. 깊이 뚫린 캄캄한 눈 속에서는 금방이라도 절망감이 쏟아져 나올 것 같았고, 동그랗게 뚫린 검은 입속에서는 뭉크의 절규보다 더 큰 두려움이 터져 나올 것 같았다. 매력적인 작품이었다.

누구나 막막한 밤바다를 홀로 나는 반딧불처럼 순간순간 빛을 토하며 미로에서 미로를 가는 중이다. 나는 그녀가 펼쳐 놓은 드라마 속에서 잠시 삶의 불안함을 내려놓고 차를 마시고 나온다. 그리고 서로 작은 것을 나누며 외롭고 허전한 인생사를 달랠 곳이 있다면 몽환이어도 좋고, 신기루여도 좋다. 비바람 몰아치는 날에도 달빛 환하게 쏟아지는 날에도 소박한 그곳으로 가고 싶었다.

하지만 천신만고 끝에 도착한 곳일지라도 머물지 못하고 또 다른 곳을 찾아 떠나야 하는 여행길이 아닌가. 그래도 눅눅한 삶의 손길로 빛나는 작품을 빚어내는 산실을 들러가는 중이니 한 번쯤은 무거운 사유를 내려놓고 가볍게 가는 건 어떨까.

지상전 6

영화와 아이의 눈물

지상전 7

　오랜 세월 한강 상류로부터 쓸려온 토사들이 서빙고 둑 근처에 쌓여 흑석동 쪽으로 물길을 밀어내며 자리 잡고 있었다. 그 커다란 모래섬에는 오갈 곳 없는 이들이 움막 같은 판잣집을 촘촘히 짓고 서부 이촌동이라는 이름으로 고달프게 살고 있었다.

　숨길 게 없는 이들이 모여 사는 모래섬은 해가 지기 무섭게 어둠 속으로 가라앉았고 호롱 불빛만 몸부림처럼 피어나고 있었다. 낮과 밤의 기온 차이가 심한 날에는 밤새 한강에서 피어난 뽀얀 물안개가 섬을 덮었다. 그런 날에는 새벽부터 밥 한술 챙겨 먹고 일터로 나가는 이들 모습이 흐릿흐릿하게 둑 너머로 사라졌다가 저녁 어스름을 타고 돌아오곤 하였다.

그곳은 상·하수 시설은 없는 동네라서 세안한 물과 개숫물을 아무렇게나 문밖에 버려 늘 음습하고 퀴퀴한 냄새가 코를 찔렀다. 그리고 뒷간이 없는 곳이라서 생선을 담았던 작은 나무상자를 뜯어 공동화장실을 엉성하게 지어 이용하고 있었다. 순번을 기다리다가 다급히 들어가 보면 왜 그리 자주 차고 넘치는지 발 디딜 곳이 없어 곤혹스러울 때가 많았다.

지독하게 가난했던 고향은 멀건 시래기죽이나 초근목피로 연명하는 이들이 적지 않았다. 초가 한 칸 땅 한 평 없이 떠돌던 우리 식구들은 더 가혹하게 시달리고 있었다. 그 비참함을 지켜볼 수 없었던 작은 아버지가 자신의 흙벽 초가 곁 칸을 내줘 떠돌이 신세는 면하게 되었다. 하지만 그 작고 어두운 단칸방에는 꾀죄죄한 솜이불 두어 채를 제외하면 세간살이는 거의 없었다. 가마니로 둘러쳐진 부엌에는 시커멓게 그을린 아궁이 위에 검은 쇠솥 하나가 덩그렁 걸려 있었고 부뚜막에는 뚝배기 몇 개가 쓸쓸히 포개져 있을 뿐이었다.

어머니는 열악한 환경 속에서 나를 낳았으나 한 해도 젖을 물리지 못한 채 아까운 나이에 세상을 떠났다고 한다. 졸지에 어머니를 잃은 아기는 멀건 미음만 받아먹다가 영양실조로 손발톱이 남김없이 빠지고 귓속과 입안까지 헐어 성한 곳이 없었다고 하였다.

아버지는 앙상한 아기를 살릴 길이 없다며 컴컴한 방 차가운 윗목
에 밀어놓고 고개를 돌렸다고 한다.

그런 아기가 살아 지금의 초등학교 4학년이 되던 해였다. 일찌
감치 입 하나 덜겠다고 상경해 소식을 끊었던 둘째 형이 아카시아
꽃향기 물씬 나는 오월 초순 어느 날 갑자기 희망의 전령처럼 나
타났다. 식구들은 생각지도 못한 형이 돌아오자 반갑게 맞아주었
다.

형은 그동안 운 좋게 먹여주고 재워주는 서울의 한 가구점에서
주인과 기술자들 잔심부름을 해주며 지냈다고 하였다. 그리고 그
곳에서 수년간 받은 작은 급료를 한 푼도 허투루 쓰지 않고 은밀
히 모아 그 모래섬의 허름한 판잣집 한 채를 사났다고 하였다. 꾀
죄죄한 초가 곁방에서 굶기를 밥 먹듯이 하던 식구들은 보지도 듣
지도 못한 꿈 같은 판잣집 이야기에 벌어진 입을 다물지를 못했
다.

형은 진지한 얼굴로 식구들을 둘러보며 이제 이 지긋지긋한 고
향을 떠나 서울로 가자고 하였다. 하지만 아버지는 복잡한 속내를
숨기고 반신반의하는 얼굴로 망설였다. 그러자 형은 이제 나도 기
술자가 다 되어 지금 받는 급료만으로도 이곳보다는 나을 거라며
함께 올라가 살길을 찾아보자고 하였다. 그제야 아버지는 결심을

굳힌 것 같았다. 며칠 후 우리 식구들은 흙먼지 풀풀 날리는 시외 버스에 옹색한 짐을 싣고 고향을 떠나 한강 모래 섬으로 향했다.

나는 이사를 왔으니 한강 둑 너머 용산 어딘가에 있을 학교로 전학했어야 했다. 하지만 집안 형편이 너무 궁핍해 차일피일 미루고 있었다. 집에서 판판이 놀 수 없어 한여름에는 용산 시내에 있는 작은 얼음과자 공장을 찾아갔다. 그리고 그곳에서 멜빵이 달린 파란 통 바닥에 얼음을 두툼히 깔고 딱딱한 얼음과자를 수북이 채웠다. 그걸 옆구리 휘어지게 차고 용산 부근이나 섬동네 골목을 누비며 팔러 다녔다. 하지만 진종일 땀 뻘뻘 흘리며 외치고 다녀도 운 좋은 날에는 애호박 한두 개, 채소 한두 단을 사 들고 집으로 돌아가는 게 고작이었다.

나는 할 일 없는 날에는 흑석동 쪽으로 뻗은 섬 발치를 자주 찾아가곤 하였다. 햇볕 쨍쨍한 한여름에는 한강 인도교 검문소 아랫 길로 장사진처럼 몰려드는 피서객들로 백사장은 북적거렸다. 그들은 한강 변에 파라솔이나 돗자리를 펴놓고 가져온 음식을 먹거나 물장난을 치거나 수영을 하곤 하였다. 그리고 캄캄한 밤이 오면 전등불 환한 무대 앞에 모여앉아 무명 가수들 구슬픈 노랫소리에 휘파람 휙휙 불거나 소리치곤 하였다.

나는 그날 정오가 넘도록 즐비한 간이음식점 주변을 배회하다가 허기를 참지 못하고 집으로 돌아가는 중이었다. 모래 위에 펼쳐진 신기루를 나른하게 걷는 중인데 갑자기 눈 시리게 번쩍거리는 게 있었다. 저절로 이끌려 가보니 6.25 전쟁의 유물인 청동대포알이 모래 속에 머리를 처박고 궁둥이만 내민 채 강한 햇볕을 반사하고 있었다.

아이는 그걸 보자마자 흐느적거리는 몸에서 튀어나온 한 마리 어린 늑대처럼 쾌재를 불렀다. 그리고 이걸 고물상에 가져가 팔면 얼마나 받을 수 있을까 잽싸게 머리 굴리며 찾아온 행운을 다른 누군가에게 빼앗길까 봐 사방을 두리번거렸다. 그러나 모래벌판은 죽은 듯이 고요했다. 그제야 정신없이 두 손으로 모래를 파내 대포알을 꺼냈다. 하지만 몸이 흥건히 젖도록 땀 흘리며 꺼낸 수확물은 어린아이가 가져가기에는 너무 크고 무거웠다.

아이는 탄환을 들고 낑낑거리며 몇 걸음 옮기다가 모랫바닥에 털썩 주저앉고 말았다. 가져갈 방법이 없었다. 어쩔 수 없이 그 아까운 놋쇠 덩어리를 뒤에 두고 집으로 휘적휘적 걸어가며 떠나온 고향 추억에 빠져들고 있었다.

아지랑이를 타고 오른 종달새 소리는 꿈결 같은데 아낙들은 음식물이 담긴 광주리를 머리에 이고 아른거리는 들판을 걸어와 논두렁에 내려놓는다. 모내기하던 농부들과 찾아온 걸인들이 둘러

앉아 음식을 먹었던, 그리고 딱지치기, 구슬치기, 자치기, 논바닥을 뒤지며 미꾸라지와 우렁이를 잡았었던 풍경을 뒤쫓고 있었다.

그뿐 아니었다. 해마다 추수가 끝날 무렵에는 벼를 벤 논에 커다란 천막을 둘러치는 이들이 있었다. 그들은 마을을 향해 확성기로 애끓는 유행가를 틀어주거나 상영할 영화를 선전하곤 하였다. 그리고 그들이 동원한 풍물패들은 영화 포스터 간판을 짊어진 이를 필두로 마을 구석구석을 누비며 꽹과리치고, 장구치고, 나발불고, 긴 상모 꼬리를 돌리며 신명 나게 춤을 추곤 하였다.

고요한 마을은 들썩들썩 깨어났고 아이들은 홀린 듯 그 뒤를 졸졸 따라다니며 소리치거나 깔깔거렸다. 입이 무거운 어른들도 들뜬 가슴 감출 수 없다는 듯이 일찌감치 저녁상을 물린 뒤 남몰래 꼬깃꼬깃 숨겨둔 지폐를 꺼내 영화가 상영될 천막을 향해 삼삼오오 무리 지어 가고 있었다.

그 무성영화 한 편은 전기, 텔레비전, 라디오도 없었던 등잔불 시대의 고요한 마을을 뒤흔들고도 남았다. 하지만 영화가 상영되어도 돈 없는 어린것들은 볼 수가 없었다. 하는 수 없이 별이 총총히 빛나는 가을밤 천막 주위를 빙빙 돌며 구슬픈 변사의 목소리에 설레는 가슴을 달랠 수밖에 없었다. 영화를 보고픈 갈증은 깊어만 갔다. 그 대포알에 집착했던 것도 영화를 보고픈 욕심 때문이었다. 그러나 그토록 원했던 갈증은 예상치 못한 곳에서 쉽사리 해결되었다.

그날도 차가운 봄바람에 코 훌쩍거리며 쓰레기장을 뒤지다가 반쯤 묻힌 작은 검은 헝겊 보따리 하나를 발견하였다. 서슴없이 꺼내 풀어보니 가느다란 구리토막이 들어있었다. 누군가 팔기 위해 정성껏 모은 걸 깜박하고 쓰레기 처리를 한 모양이었다. 아이는 이 횡재한 물건을 두근거리는 가슴에 품고 고물상을 찾아갔다. 그리고 영화를 보고도 남을 돈을 움켜쥐고 가까운 용산극장으로 내달렸다. 극장 원색간판을 살필 겨를도 없이 매표소를 거쳐 관람석으로 뛰어들었다. 그리고 두근거리는 가슴으로 상영할 영화를 기다렸다.

드디어 실내등이 꺼지고 캄캄한 어둠 속에서 영사기 돌아가는 소리가 들리는가 싶더니 강한 한 줄기 빛이 어둠을 뚫고 흰 영상막에 퍼져나갔다. 흔들리는 대한 뉴스가 끝나자 난생처음 보는 영화가 시작되었다. 하지만 이게 웬일인가. 귀에 익은 변사의 목소리는 간 곳 없고 한 마디도 알아들을 수 없는 외국 영화가 상영되고 있었다.

어린 나는 당혹감을 감추지 못하고 빠르게 지나가는 해설자막을 더듬으랴. 영화 진행을 쫓으랴. 낯설고 까다로운 일에 매달렸다.

하지만 어떻게 보게 된 영화인가. 포기하지 않고 두어 번 되풀이 보면서 등장인물들이 배우가 아니라 실제 있었던 사건을 뒤쫓는 영화라고 나름대로 판단하고 있었다.

하지만 60년이 훌쩍 넘은 어린 시절의 이야기가 아닌가. 나는 이 글을 쓰기 전에 기억의 오류를 줄이려고 나름대로 영화에 대한 자료를 찾아보았다. 그러나 로버트 펜 웨렌 소설을 영화로 만든 「검은 태양은 밝아오다」가 전부였다.

그 영화는 1957년에 개봉했으니 그 후 이삼 년 후에 보았다면 거의 시기가 맞는 것 같아 요약한 줄거리를 읽어보았다. 하지만 애석하게도 내 희미한 기억 속에 살아 숨 쉬는 영화와는 거리가 먼 듯하였다.

지금 와서 곰곰이 생각해 보니 픽션이냐 논픽션이냐 따지는 것도 필요하지만 보다 중요한 건 그 영화가 어린 가슴에 한평생 잊지 못할 충격을 주었다는 점이었다. 따라서 나는 희미한 기억에 의존해 이 글을 쓰고 있는 셈이다.

요즘 메칸더 브이를 정의의 사도라고 믿는 아이들이 있는 것처럼 나도 어렸을 적에는 거의 맹목적으로 백인들을 찬양한 적이 있었다. 훗날 그 어이없는 신앙심을 되짚어 보니 이곳 사람들보다

키가 훌쩍 크고 하얀 피부를 가지고 있어 막연하게 생긴 선망 같
았다. 가끔 트럭을 탄 백인 군인들이 신작로 가에서 노는 아이들
에게 초콜릿 과자를 뿌려주고 갈 때마다 다른 아이들에게 원숭이
처럼 긴 꼬리를 가진 악마가 아니라면 저 백인 군인들에게 양놈이
라고 욕해서는 안 된다고 말한 적이, 그리고 백인들은 나쁜 짓을
할 줄 모르는 천사들이라고 우기기도 한 것 같았다.

하지만 영화에 등장하는 백인들은 아프리카 원주민들 가운데 튼
튼한 사내들과 여성들을 강제로 끌고 가 배에 관처럼 설치한 둥근
구멍에 한 사람씩 밀어 넣고 발목에 쇠사슬을 채운 뒤 필요한 나
라에 파는 노예 사냥꾼들이었다.

그들은 고분고분 순종하지 않거나 저항할 기미가 있는 부족들은
용납하지를 않았다. 달빛 환하게 쏟아지는 밤 검은 밀림 어디선가
비행기를 몰고 와 옹기종기 모여 사는 작은 건초 집 주변에 기관
총을 난사하였다. 그리고 놀라서 집 밖으로 튀어나온 원주민들을
미리 파 놓은 커다란 웅덩이로 몰고 가 인정사정없이 총알을 퍼부
었다. 그리고 비행기가 물러나면 총을 들고 기다렸던 사냥꾼들이
숲속에서 나타나 아비규환처럼 몸부림치는 이들을 확인사살을 하
였다. 그리고 참혹하게 죽은 시신들을 중장비로 매장하는 과정을
여과 없이 보여주고 있었다.
그 잔인한 영화는 몇 장면만으로도 어린아이의 가슴에 신성처럼

자리를 잡았던 백인들에 대한 환상을 단숨에 산산조각내고 말았
다. 나는 영화관에서 튀어나와 캄캄한 어둠 속을 미친 듯이 내달
리며 소리를 질렀다. 그리고 모래섬 판잣집에 도착하자마자 이불
속으로 파고들어 한동안 몸을 부들부들 떨며 소리 없이 흐느끼고
있었다.

그날 이후부터 아이는 옳고 그름을 따지는 습관을 지니게 되었
다. 그리고 머리가 굵어갈수록 그 냉정한 습관은 비열하고 교활
한 이들에게는 주저 없이 고개를 돌리게 해주었고, 속임수로 얼룩
진 세상의 현혹으로부터 호락호락 넘어가지 않게 해주었다. 그리
고 어리석은 자신의 욕망을 조절해주는 불빛이 되기도 하였다. 그
습관을 바탕으로 철이 들기 시작하는 서른 이후부터는 어둠을 밝
히는 사유(思惟)가 확대되어 버릴 건 버리고 취할 건 취하며 사는
모습으로 변해가고 있었다.

그 고단하고 애달픈 모래섬은 태풍 사라가 거친 흙탕물로 휩쓸
고 간 뒤 사람이 살 수 없는 난파선처럼 고요히 남아 있었다. 하지
만 훗날 버스를 타고 한강 인도교 위를 지나가다 살펴보니 그 모
래섬은 흔적도 없이 자취를 감추었다. 무언가 착시를 한 게 아닌
가 싶어 눈을 씻고 다시 살펴보았으나 마찬가지였다. 그제야 사람
들이 건축자재로 쓰기 위해 파갔거나 물길을 터주기 위해 평탄 작
업을 한 게 아닌가 추측할 수 있었다. 지금은 그 섬 위로 서울을
감싸 도는 한강 물길만 소리 없이 흘러가고 있었다.

그래도 시인들은

지상전 8

아등바등거리는

저 좁은 골목에

내 작은 시집(詩集)을 보내려다

어렵다는 걸 알기에 돌아서는데

챗로봇이 다가온다

로봇에게 불쾌한 질문을 거듭하자

핵단추가 있다면

인류를 멸망시키겠다는 끔찍한 반응에 당황한

컴퓨터 황제 빌 게이츠는

황급히 프로그램 일부를 삭제하라고 지시한 모양이다

인생사 명암으로 어우러지는데

아픔과 슬픔조차 잃어버린 듯
채울 수 없는 욕심들이 치열하게 부딪친다
빛과 어둠을 품은 시집들은
무관심 속에 파묻히기도 하고
서너 줄 읽히다가 시들해지기도 하고
냉골에 유폐되기도 하는 날들이다

수천 년 동안
피 향기 가득한 자궁에 뿌리내리고
별빛을 사랑해온 시들은
최후 보루처럼 지켜온 거울이요
목마른 자의 이정표가 아니었나

피도 눈물도 없는 로봇들이 활개 치는 날이 오면
빠르고 편한 것에만 중독된 이들은 뒤돌아보지 마시라
영혼 없는 비수들이 날아다니는 걸 보게 될 테니까
그래도 시인들은 갈수록 영악해지는 이들을
두 팔 벌려 막을 듯이 밤새우며 시를 쓴다

지상전 9

깃발

지상전 10

　할 일 없는 날에는 날렵하게 자란 긴 대나무를 잘라 만든 낚싯
대를 어깨에 메고 가는 형의 뒤를 졸졸 따라다녔다. 청주 쪽에서
흘러오는 맑고 깨끗한 미호천은 탁 트인 고향 앞들을 가로지르며
금강으로 흘러가고 있었다.

　그 물을 논밭에 쓰기 위해 만든 널찍하고 긴 인공 수로가 있었
다. 그곳에는 여러 종의 수초가 알맞게 자라 낚시터로는 손색이
없는 곳이었다. 그날은 비가 온 뒤라 그런지 물고기들이 활발하게
회동하기 좋은 물색이었다.

　형은 인적이 드문 수로 가에 나뭇가지를 꺾어 만든 받침대를 꽂

고 낚싯대를 휘둘렀다. 낚싯줄을 타고 휘리릭 날아간 추가 촉, 하고 떨어지면 그 둥근 파문 안에 가느다란 옥수수대 찌가 끝만 남기고 천천히 가라앉는다. 축축한 들에는 아지랑이를 타고 쉴 새 없이 지저귀는 종달새 소리 들려오고 논과 수로를 하얗게 물들인 백로들은 꿈결처럼 움직이고 있었다.

수초 사이를 은밀하게 다니는 물고기를 기다린다는 건 가슴 두근거리는 일이요. 초조한 일이기도 하였다. 바람이 솔솔 불어오면 잔잔한 물결이 일어난다. 그림자를 내리고 느리게 지나는 흰 뭉게구름 위에 꽂힌 찌는 어디론가 아득히 흘러가는 것만 같았다.

찌가 살짝 움직이는가 싶더니 순식간에 구름 속으로 사라져버렸다. 낚싯대를 잽싸게 움켜쥔 형이 자리를 차고 일어난다. 낚싯대 끝은 활처럼 휘어져 구름 속에 파묻힌다. 형은 줄이 터질까 봐 연신 억, 억, 소리를 지르며 놈과 밀고 당기며 싸우고 있었고 어린 나는 흥분한 얼굴을 감추지 못하고
"야, 큰 놈이다! 큰 놈이야!"
연신 소리를 질렀다.

＊＊

땅 한 평 집 한 칸 없이 살아온 식구들은 어쩔 수 없이 고향을 떠나 한강 모래섬 판잣집을 거쳐 지금의 은평구 응암동 수재민 촌

으로 옮기게 되었다. 그러나 그곳에서도 맑은 불광천 물이 앞들을 지나 수색 철교 밑을 거쳐 한강으로 흐르고 있었다. 해마다 장마 철이 오면 차오르는 물길을 타고 한강에서 여러 종류의 물고기들이 새로운 서식지를 찾아 상류를 타고 지류까지 올라오고 있었다.

어느 날 큰형은 북가좌동 부근에서 제법 큰 물웅덩이를 보았다며 같이 낚시를 해보자는 거였다. 고향 수로에서 낚시를 구경한 이후 얼마 만에 듣는 이야기던가. 나는 이십 대 청년이 되었음에도 설레는 가슴으로 쾌히 응했다. 형과 가 보니 주변에는 나무 한 그루도 없는 밋밋한 물웅덩이었다. 그러나 수초들이 보기 좋게 자라서 그런지 제법 굵은 붕어들이 심심치 않게 나왔다. 하지만 며칠 못가 바람처럼 빠른 소문을 타고 적지 않는 낚시꾼들이 찾아오기 시작하였다.

낚시꾼들은 그곳 붕어를 똥고기라고 불렀다. 물웅덩이 길가에 서너 채의 움막을 짓고 살던 이들이 뒷간에서 용변을 보면 곧바로 물에 떨어지게 만들어 그리 부르는 것 같았다.

그날은 다른 낚시꾼들 사이에서 뜻밖의 얼굴을 보았다. 나는 그에게 다가가 인사를 하고 싶었으나 말을 섞어본 적이 없어 망설였다. 그는 해가 서산에 기울기 시작하자 낚시채비를 거두고 있었다. 나도 서둘러 자리에서 일어났다. 우리는 같은 또래 이웃이라서 누가 먼저라고 할 것 없이 자연스럽게 말을 나누며 금빛 노을 아래 집으로 돌아가고 있었다.

그날 이후부터는 자주 만나 이야기를 나누는 사이가 되었다. 그는 매사 신중하면서도 대화의 결과를 시원시원하게 도출하곤 하였다. 아는 게 많은 힘에서 나오는 것 같았다. 나는 그의 집을 드나들면서 혼자 원고지와 씨름하며 소설습작을 하고 있다는 걸 알게 되었다.

그 무렵 나는 징집통지서를 받고 군에 입대해 전투병으로 파월하게 되었다. 그날은 뜨거운 햇볕 아래 오전 공동작업을 마치고 잠시 쉬는 중이었는데 편지가 왔다. 큼직한 서류봉투였다. 뜯어보니 친구의 섬세한 손편지와 함께 서울 유력일간지 한 장이 들어있었다.
"웬 신문이지?"
그리 중얼거리며 신문을 펼쳤다. 경향 신문 신춘문예라는 활자가 눈에 들어왔다. 제목은 「꽃메기」였다. 이 숨 막히는 전쟁터에서 그의 단편소설 한 편은 단비와 같았고 신선한 공기를 흡입하는 것 같았다.

그의 소설 꽃메기는 맑은 눈을 가진 여덟 살짜리 어린아이가 먹이를 주며 키우는 화려한 금빛 잉어와의 얽힌 이야기였다.

600평 남짓의 장방형 웅덩이에 산다는 그 대형 잉어에 대한 소문을 듣고 두 젊은 낚시꾼이 찾아오고 있었다. 두 사람은 모두 차양이 넓은 캡을 쓰고 있었는데 한 사람은 하얀 것이고 다른 한 사람은 파란 것이었다. 그들은 운치가 있는 물웅덩이에 도착하자마자 다른 낚시꾼들처럼 포인트로 여겨지는 곳에 낚시가방을 내려놓고 자리를 잡았다. 그 파란 모자가 앉은 곳은 웅덩이에서 가장 수심이 깊은 곳이요. 아이만 알고 있는 은밀한 비밀 장소이기도 하였다.

그곳에는 아이의 대형 금빛 잉어가 살고 있었다. 아이는 잉어에게 꽃메기라는 이름을 지어 부를 정도로 서로 마음이 통하는 사이였다. 아이가 그토록 아끼는 잉어가 사는 곳에 파란 모자가 받침대를 꽂고 낚싯대를 펼치고 있는 거였다.

아이는 터질 것 같은 가슴으로 파란 모자 곁에 앉아 자신의 친구인 잉어가 그의 세련되고 튼튼한 긴 낚싯대에 걸리지 않기를 기원하고 있었다. 파란 모자는 씨알 굵은 붕어를 연신 낚아 올리며 곁에 앉아 지켜보는 아이에게

"어때, 아저씨 고기 잘 잡지?"
파란 모자가 떡밥 묻은 손으로 안경을 치켜올리며 아이를 바라

보고 다정하게 웃었지만 아이는 그 얼굴에 침이라도 뱉어주고 싶은 심정이었다.

"쳇!"

낚시꾼은 다시 낚시대를 휘둘렀다.

수면에 비친 포플러 나무 가지 사이로 빨강과 파랑과 하얀색이 번갈아 칠해져 있는 기다란 찌가 약간 옆으로 기울어진 채 예쁘게 떠 있었다. 아이는 뚫어져라 그 찌의 움직임만 지켜보고 있었다.

"넌 잉어하고 친한가 보지?"

아이는 대답 대신 고개를 끄덕였다. 그리고 나서 낚시꾼의 얼굴을 올려다봤다. 그 맑고 커다란 눈동자 속에는 애원의 빛이 가득 들어 있었다.

"잉어를 아무나 잡을 수 있나. 잉어는 쉽게 잡히지 않는 거란다. 더군다나 네 친구는"

하다가 파란 모자가 갑자기 말을 뚝 끊고 세차게 가운데 낚시대를 채 올렸다.

"제대로 걸었구낫!"

하는 안경의 고함소리와 함께 피웅하고 낚싯줄이 떨었다. 순간 아이의 얼굴은 핏기가 걷히면서 긴장으로 굳어져 버렸다.

아이의 금빛 잉어와 노련한 낚시꾼과의 치열한 싸움은 시작되었다. 곁에서 초조하게 지켜보던 아이는 자신의 친구인 꽃메기는 그 누구에게도 잡히지 않을 거라는 믿음을 가지고 있었다. 잉어는 파란 모자의 낚싯대와 팽팽히 싸우다가 반대편으로 거세게 박차고 나갔다. 그와 동시에 낚싯줄은 찌가 매달린 곳에서 두어 뼘 위에서 끊어지고 말았다. 그러나 잠시 후 놓쳤다고 생각한 잉어가 끌고 간 알록달록 찌가 웅덩이 건너편 수초 가에 누워 있다는 다른 낚시꾼의 소리에 흰 모자는 뜰채를 움켜쥐고 파란 모자는 받침대를 뽑아 들고 달려갔다. 그리고 다른 낚시꾼들도 주위에 모여들었다. 아이의 잉어는 진종일 이리저리 도망 다니며 고통스럽게 시달리기 시작하였다.

근처 강가에서 릴낚시를 하다 돌아가던 어느 낚시꾼이 도와주겠다며 다가왔다. 그리고 노련하게 릴 대를 휘둘렀다. 릴의 무거운 추는 찌가 누워 있는 곳으로 정확히 날아가 떨어졌다. 커다란 릴 낚싯바늘이 헝클어진 줄에 단단히 꽂혀 팽팽한 싸움은 다시 시작되었다.

…잉어는 다급한 듯이 마구 몸을 뒤흔들었다. 주위는 온통 흙탕물로 변하고 말았다. 온 웅덩이 물이 출렁거렸다. …잉어가 너무나 요동을 쳐서 파란 모자가 약간 당황한 듯 멈칫한 순간이었다. 아침때처럼 낚시줄에서 금속성 음향이 들리는가 싶더니 잉어는 스르르 물속으로 사라져 갔다.

…풀들은 생기를 머금은 듯하고, 여기저기 수면 위에서 튀는 잔

고기들은 벌써부터 이슬을 탐내고 있었다. 골짜기엔 밥 짓는 연기가 자욱하게 괴여 있었다. 구경꾼들은 삼삼오오 떠들면서 돌아가고, 어둠은 일터에서 돌아오는 피곤한 황소처럼 한 발짝 두 발짝 서서히 밀려오고 있었다.

…낚시터에는 도구를 챙기는 젊은 두 낚시꾼과 그들을 물끄러미 바라보며 목발을 짚고 서 있는 아이뿐이었다. 낚시꾼들이 가방을 메고 일어설 때 아이는 허약한 다리를 절룩거리며 마을을 향해 걸어가고 있었다. 그 뒷모습을 바라보며 파란 모자를 쓴 사나이가 나지막하게 입을 열었다.

"우린 결국 저 아이의 가슴에 증오심만 심어 놓고 말았군."

…그 날밤 아이도 잠들고, 낚시꾼들도 잠들고, 날짐승조차 날개를 접고 곤히 잠든 한밤중, 달도 없이 하늘빛만 희끄무레하게 웅덩이를 비추고 있었다. 그 밤의 고요를 훼방 놓지 않으려는 듯 낮 동안 북새통을 떨었던 그 웅덩이 한가운데 가장 깊은 곳에서 소리도 없이 천천히 올라오는 하나의 물체가 있었다. 그 물체는 긴 꼬리가 있고, 날렵한 지느러미가 있었지만, 전혀 움직이지 않았으며 아름다운 비늘로 덮여 있는 넓은 몸체는 피어오르는 물안개 속에서 둥둥 떠 있을 뿐이었다.

형은 고향 수로에서 팔뚝 만한 잉어를 낚아 올리며 탄성을 터뜨렸지만, 친구는 맑고 깨끗한 눈을 가진 아이가 그토록 아끼고 지키려고 하던 꽃메기를 기어코 죽이고 마는 낚시꾼들의 끝없는 욕심을 조용히 비춰주고 있었다.

나는 그 어렵고 위험한 파병 생활을 끝내고 돌아와 군 생활을 마쳤다. 그와 다시 문학을 논하며 지냈으나 연좌제 같은 가난을 조금이라도 개선하기 위해 고생하는 아내와 어린 딸을 두고 사우디아라비아 건설현장 잡부로 날아갔다.

사막 건설현장에서 흥건히 땀 흘리는 중인데 기죽지 말라는 신호탄처럼 친구로부터 다시 한국일보 신춘문예에 등단시킨 「김박사의 장난감」이 날아들었다. 나는 그가 기적 같은 일을 해내고 있다는 생각을 하며 작품을 읽었다.

고백하면 이미 이 두 편의 소설에 대해 요약한 글을 쓴 적이 있었다. 생각하면 작가에게 작품을 보내 달라고 요청한 뒤 꼼꼼히 읽은 후에 쓰는 게 순서였다. 하지만 그를 번거롭게 할 것 같아 그만 실수를 범하고 말았다. 친구는 오랜 세월 전에 있었던 이야기라며 덮어주기는 하였으나 지금도 미안한 마음이다. 그 같은 자책감으로 다시 몇 자를 적고 있으니 이 구차함을 헤아려주길 바랄 뿐이다.

그의 소설 「김 박사의 장난감」은 생명에 대한 본질적인 의문을 가지고 파고드는 사색적인 작품이다. 그래서인지 젊은 시절이나 반세기가 다 되어 가는 지금이나 여전히 접근하기 어려운 작품이기도 하다.

빛과 어둠이 그러하듯 생명과 죽음은 융합될 수 없는 극과 극의 세계다. 그러함에도 양극은 결합해 있음의 세계를 이룬다. 그러나 그 있음의 세계는 표면에서 느끼는 고요함과는 달리 내실을 들여다보면 있어도 있는 게 아니요, 없어도 없는 게 아닌 반유반무(半有半無) 같은 존재로서의 모순을 지니고 있었다. 그처럼 구조가 맞지 않는 부조리는 고스란히 고통스러운 삶의 모습으로 나타나기 마련이었다.

물리학자 김인웅 박사는 어느 날 퇴근길 건널목에서 신호등이 바뀌기를 기다리면서 지나가는 버스를 무심히 바라보다가 점잖지 못하게도 갑자기 킥, 하고 웃은 적이 있었다. 그 버스는 잘 익은 꽈리의 씨앗이 껍질 밖에서도 그 질서정연한 배열이 보이듯이 내부가 훤히 들여다보이게끔 구조되어 있었는데 그가 웃은 것은 다름이 아니고, 그렇게 훤히 들여다 보이는 상태, 바로 그것 때문이었다.

일정한 모양을 하고, 일정한 방향으로 배열되어 있는 의자들과 거기에 일정한 자세를 하고 앉아 있는 승객들, 그리고 그것을 태우고 소리내며 굴러가는 버스, 거기에 그렇게 있다는 사실, 바로 그 사실이 문득 김 박사의 주의를 환기시켰던 것이다.

…그가 재미있어 하는 것은 그가 볼 수 있고, 알 수 있는 모든 사물이었으며 언제 어디서나 있는 것이었다. 빌딩들이 그렇게 있다는 사실, 산이 그렇게 있다는 사실, 육교가 그렇게 있고, 시장이 그렇게 있고, 도시가 그렇게 있고, 사람들이 그렇게 있다는 사실, 존재한다는 사실, 그것이 재미 있을 뿐이었다.

김 박사는 그처럼 질서정연하게 펼쳐진 흥미로운 연결고리로부터 눈을 뗄 수가 없었다. 그러나 그 연결고리들은 아무렇지도 않다는 듯이 평온하게 자리를 잡고 있었다. 하지만 그 내부에서는 서로 균형을 잃은 뼈 마디마디가 끊임없이 충돌하고 배반하고 있었다.

…고개를 돌려보니 장난감은 그곳에 있었다. 거기 서재에 놓여 있었다. 어제도 그저께도 본 것처럼 산이 그렇게 있었고, 가로수가 그렇게 있었고, 구두를 파는 상점이 그렇게 있었듯이 장난감도 역시 그렇게 거기에 있었다. 거리의 있음이 산의 있음과 똑같듯이 장난감의 있음은 거리의 있음과 같은 것이었다. 그 거리를 벗어나 벌판이 있고, 수풀이 있고, 바다가 있고, 언어가 다른 나라가 있지

만, 그것들 역시 존재한다는 사실 자체로서는 똑같듯이 장난감의 존재도 동일한 것이었다.

　…장난감은 그 때 공허한 눈빛으로 허공의 한군데만 응시하고 있었다. 김 박사는 그 있음의 실체와 적나라함을 끝내 붙들고 싶은 양 조심스럽게 손을 뻗쳐 장난감의 얼굴을 어루만져 보았다. 그리고 그 얇은 작은 분홍빛 입술로 빙긋이 웃음을 지었다.
　"여기에도 있었군."
　그의 미소는 냉소처럼 보였다. 그 미소는 장난감의 손가락을 만지작거리고, 어깨를 두드려 볼 때도 마찬가지었다.

　…뿐만 아니라 그는 장난감의 눈꺼풀을 들추고, 그 안을 유심히 살피기도 했다. 그때 눈동자는 상하좌우로 움직이고 있었다. 그것이 움직일 때마다 눈동자의 미세한 조직들은 꼭 살아서 안으로 숨으려고 하는 것만 같았다. 그것을 보고 박사는 어깨를 들썩이며 웃었다.
　"바로 이것이란 말이야."

　…장난감은 거기에 그렇게 있었다. 그것은 상하좌우로 몹시 흔들릴 것 같았지만 허리를 꼿꼿이 세우고 의젓하게 앉아 있었다. 그러나 그는 벌떡 일어나 턱을 치켜들고 소리를 내지 않고 웃었다. 장난감이 저기에 저렇게 있다는 사실이 더없이 흥미로웠다.

아무 일도 없다는 듯이 시치미를 뚝 떼고 점잖게 장난감이라는 하나의 사실로 존재하는 것이 더없이 우스꽝스러웠다. 구조는 어쩐지 균형이 맞지 않는 듯하여 어딘가 괴상한 곳이 금방 발견될 것 같았다. 순간 김 박사는 마치 상대편을 나무라듯 손가락으로 삿대질을 하며 장난감에 바짝 얼굴을 들이대곤 중얼거리듯 말했다.

"파괴할 값어치가 있군. 다시 조립할 필요가 있단 말이야."

장난감의 그 눈은 아무래도 그렇게 뜨고 있는 것이 마땅치 않는 것만 같았다. 그 시선이 다른 방향을 향하고 있던지 그 모양이 다른 형태를 취하고 있던지 하여튼 지금의 눈은 장난감이라는 전체적인 사실에도, 배반하고 있는 다른 기관에도 걸맞지 않는 것 같았다. 그것은 어떤 변화가 있은 뒤에야 장난감의 눈으로서 진정한 값어치가 있을 것만 같았던 것이다.

그렇게 된다면 다른 기관에도 똑같은 변화가 있어야 할 것은 당연한 일이었다. 손과 발도 마찬가지였고, 입과 귀도 마찬가지였던 것이다. 그것들이 언제까지나 거기에 그런 모습을 하고 있어야 할 아무런 이유가 없었던 것이다.

…눈은 아무래도 귀 위에 놓여야 할 것 같고 입술은 좀 더 뚜렷한 윤곽으로 다시 만들어져야 할 것이며 코는 손아귀 안으로 들어가는 게 나을 것 같았다. 아니 두 팔은 뚝뚝 잘라서 아예 다른 모양으로 만들 수 있는 것이며 다리는 겨드랑에서 시작할 수 있도록 만들 수도 있었다. 성기는 노출시켜 놓고 피부는 수시로 변질되게

만들 수도 있었다. 입은 더 작게 만들 수도 있는 것이며 눈은 두어 개 더 만들어 놓을 수도 있었고, 이마는 길게 튀어나오도록 만들 수도 있었다.

…김 박사는 벌떡 일어나 서랍을 열고 연필 깎는 칼을 꺼내 장난감 손목을 신경질적으로 그었다. 순간,

아악!

하는 비명과 함께 김 박사는 손목을 쥐고 그 자리에 주저앉고 말았다. 그 바람에 책상 위에 올려놓았던 거울이 바닥에 떨어져 박살 나고 손목을 쥔 손가락 사이에선 붉은 피가 주르륵 흘러내렸다.

그는 손목을 움켜쥔 채 골목 밖에 있는 주치의의 병원으로 달려갔다.

"아니 박사님 웬일이십니까."

의사는 휘둥그레진 눈으로 그를 재빨리 의자에 앉혔다.

"고쳐줘. 내 장난감 좀 고쳐줘."

"네? 장난감이라뇨?"

"아냐. 아냐. 아무것도 아냐."

숨을 헐떡이는 그의 눈은 여전히 독수리처럼 빛나고 있었다.

저마다는 융합할 수 없는 극과 극의 결합 속에서 태어난 부조리한 존재들이다. 따라서 순간순간 달라지는 변화무쌍한 갈림길에

서 깊은 상처를 받으며 살아갈 수밖에 없는 일이다. 그 부조리한 굴레를 깨뜨리며 밖으로 나가고 싶은 게 이성(理性)의 꿈이요, 도전이기도 하다. 하지만 그 같은 목마름은 실현 불가능한 일, 그러나 책은 우리 내면에 존재하는 얼어붙은 바다를 깨는 도끼여야 한다는 카프카의 말처럼 이 소설은 미완의 테두리를 부수고 밖으로 나가고픈 욕망을 그린 작품은 아니었을까.

사우디를 다녀와 서울서 밀려나듯 대전으로 내려왔다. 그러나 산다는 건 그곳이 어디든 어렵고 힘든 날들의 연속이다. 지칠 때마다 낚시터에서 맑은 공기를 마시며 고기를 잡거나 새소리를 듣곤 하였다.

친구와 나는 낚시터에서 만나 평생을 문학 동반자로 지내왔다. 그가 남긴 발자취는 한국문학이라는 큰 그릇에 하나의 소리로 남을 거라고 믿는다. 그리고 나도 시집 두어 권 출간했으니 함께 해온 시간들이 고맙고 소중하다.

조윤상

초현실에 대한 단상(短想)

지상전 11

초현실이린 무잇인가. 누군가는 서 뜬구름 너머 아득하게 펼쳐진 세계가 아니냐고 말할 수도 있을 것이다. 그러나 심장에서 혈관으로 생생히 뿜어내는 붉은 핏속에서도 초현실의 세계는 분리할 수 없는 일체처럼 이어지고 있었다.

눈으로 사물을 포착하는 순간 그 이미지를 구별하며 다음 행동을 지시하는 생각이란 볼 수도 만질 수도 없는 유령보다 더 유연한 세계요. 섬세한 세계이기도 하다. 그리고 그 불빛은 머릿속에서만 머물지 않고 입 밖 소리로 나와 다른 이들과 소통을 시도하며 먹고 사는 문제를 해결하려고 끊임없이 참여하며 애를 쓰기도 한다.

그뿐인가. 순간의 전후가 다른 끝없는 갈림길 위에서 아픔과 슬픔에 젖은 손으로 집을 짓기도 하고, 그 공간을 채우기라도 할 듯 어둠을 뚫고 오는 빛의 향연 같은 책을 읽기도 하고, 지나간 일들을 가지고 깊은 사유(思惟)에 젖기도 한다. 그러나 그 같은 행위만으로는 태어날 때부터 지니고 나온 미완의 허전함을 채울 수 없어 다시 무언가를 찾아 떠나야 하는 방랑을 시작한다.

손과 얼굴을 씻고 아침을 먹을 때까지는 출근을 위한 시간이다. 그 시간은 직장에 도착하는 순간 해체되지만, 업무를 시작하면서부터 또 다른 시간에 속박되기 마련이다. 세밀히 들여다보면 누구나 순간의 전후가 다른 이곳에서 저곳으로, 저곳에서 또 다른 곳으로 부단하게 움직이며 이런저런 생각에 파묻히듯이 살기 마련이다. 그렇다면 모든 생명의 중심인 시간은 어디서 얼마나 빠른 속도로 오는 것일까.

무(無)에서 유(有)로 오는 시간은 인간의 두뇌로는 뒤쫓을 수 없을 만큼 빠른 속도로 움직여야 하고 그럴 수밖에 없는 일이다. 이를테면 1초보다 0.1초가 열 배 빠르듯이 그보다 빠른 건 소리요. 소리보다 빠른 건 빛이요. 빛보다 빠른 건 빛보다 빠른 순간이 있기 때문이다. 그렇다면 시간의 심연에는 어떤 속도들이 뒤섞여 오가는 것일까. 그리고 왜 그처럼 빠른 속도가 존재하는 것이고 요구되는 것일까.

겉으로 보면 시간은 소리 없이 고요히 다가온다. 그러나 그 내면을 들여다보면 우주보다 복잡 정밀하다는 몸속으로 오는 시간의 속도는 핵분열처럼 부딪치고 결합하고 부서지기를 반복하며 폭풍처럼 밀려왔다가 썰물처럼 빠져나가길 반복한다. 그 같은 시간의 회전 속도를 통해 움트는 생명이 놀랍기도 하고, 흥미롭기도 하다. 만에 하나 사람의 몸속에서 그 거침없는 시간의 힘이 작용하지 않는다면 무슨 수로 생명의 꽃이요, 뿌리 같은 세포들이 매일 은하수처럼 피고 질 수 있을까.

죽음에서 태어나 죽음으로부터 쫓기듯 살다 가는 그 자체가 답 없는 초현실에서 초현실로 이어지는 시간의 흐름이요, 물결이 아닌가.

빛과 어둠이 그러하듯이 죽음과 생명은 결합할 수 없는 극과 극이다. 그러나 그 양극은 형체를 지닌 결합체로 나타난다. 그렇다면 생명의 출현은 모순이다. 그리고 그 같은 모순은 부조리한 삶의 현상으로 나타나며 고통스러운 일상으로 이어진다. 그 같은 순간순간 속에서도 초현실의 시간은 머리카락 끝에서 발끝까지 깃들어 관통하지 않는 곳은 없는 셈이다.

그렇다면 나는 죽음에서 태어나 반유반무(半有半無) 같은 애

매한 생명체로서 쫓기듯이 살 수밖에 없는 존재이기도 하고, 초현
실에서 초현실로 이어지는 연결고리이기도 하다. 그 같은 초현실
속에서는 무슨 일이든 일어날 수 있으며 일어나야 하고, 일어나지
않으면 폭풍 같은 시간은 동력을 잃고 신기루처럼 증발할지도 모
른다.

오늘도 거리의 건물들은 피사의 사탑처럼 비스듬히 기울어져 있
을 것이다. 아니 그렇게 보일 수도 있는 것이다. 그 같은 현상은
낮과 밤의 차이에서 오는 시선의 착오 때문도 아니요, 이미지를
탐색하는 생각의 오류 때문도 아니요, 사물과 생명의 표피를 부드
럽게 감싼 깊고 푸른 선(線)들이 느슨하게 풀린 탓도 아니다. 그
렇다면 이곳은 가고 가도 끝없는 초현실의 광야요, 답 없는 미로
에서 미로로 이어지는 곳이기도 하다.

눈 앞에 펼쳐진 삼라만상은 손으로는 잡을 수 없는 초현실의 세
계가 아닌가. 내 몽환 같은 작은 눈에는 종이상자에 누운 수채화
물감들이 고요히 쉬거나 잠들지를 못하고 함성을 터뜨리며 일어
난다. 그리고 서로 몸을 섞으며 부드럽고 투명한 풍경을 그리기도
하고, 먼바다 수평선에 검붉은 노을을 펼치기도 한다.

누구나 뿌옇게 흐려지는 기억 속을 떠도는 지나간 추억들을 꺼
내와 지금이라는 순간순간을 살고 다음이라는 순간들을 살기 마

런이다. 이 같은 행위 자체가 초현실에서 초현실로 이어지는 연속일 뿐이다. 따라서 눈 앞에 펼쳐진 모든 것들은 추상화의 언저리 같은 물결이기도 하다.

그래도 이렇게 미완으로 태어나 혼란스럽게 살다 죽는 자체가 비극인든 희극이든 축제가 아닌가. 이토록 막막한 하루하루가 얼마나 어렵고 고단하고 소중한가.

지상전 12

평행선

지상전 13

　다자이 오사무(太宰治)의 「바둑이」는 개들을 다룬 단편소설이다. 내용을 조금 발췌하면

　「지금은 하찮은 짐승처럼 쓰레기통을 뒤지지만, 개는 말을 물어죽일 수도 있고 사자를 정복하기도 하는 맹수다. 무리 지어 거리를 돌아다니며 소리 없이 사람 뒤를 쫓아가 물려고 하거나 수틀리면 날카로운 이를 드러내며 으르렁거리기도 하고, 때로는 주인을 믿고 자기보다 덩치가 몇 배나 되는 개에게도 앙앙거리며 용감하게 덤벼들기도 한다.」

　작품의 주인공인 소설가는 위험하고 변덕스러운 개들을 도무지 이해할 수 없어 혐오하지만 돌봐주지 않으면 떠돌이 신세밖에 될 수 없는 처지를 측은히 여겨 아내가 데려온 바둑이를 함께 돌본다. 그리고 한 발 더 나가 자신이 쓰는 소설은 순전히 개들을 위한 거라고 한다.

이 소설에 등장하는 개들이 무얼 의미하고 있는지는 어렵지 않게 알 것 같다. 만에 하나 이곳에서도 그와 같은 소설을 쓰는 이가 있다면 어찌 될까. 비난 대신 문인들이란 좁히기 어려운 차이를 자유롭게 넘나드는 상상가들이라며 관대히 넘어갈 수 있을까. 그곳에서는 이 단편소설을 우수작으로 분류하고 있는 모양이다.

*

어린 베토벤의 아버지는 피아노와 성악을 레슨하며 근근이 살아가는 알콜 중독자였다고 한다. 그는 너그러운 아버지 밑에서 자유분방하게 자라 거칠 것 없는 모차르트처럼 뛰어난 음악가를 만들어 많은 돈을 벌겠다는 욕심으로 어린 베토벤을 스파르타식으로 가혹하게 가르쳤다고 한다. 그 바람에 어린 시절을 빼앗긴 베토벤은 어머니가 결핵으로 죽자 어린 두 동생을 맡아 보살피게 되었는데 감당할 수 없는 부담감에 자신의 운명을 저주하며 괴로워했다고 한다.

그는 숱한 고생 속에서 성장기를 보내며 많은 생각을 하게 되었고 그로 인해 삶에 대한 깊은 통찰력을 지닐 수 있게 되었으며 그 같은 성향은 훗날 음악에다 철학을 입힌 유일한 음악가로 평가되기도 한다. 그러나 급한 성격으로 주위 사람들과 미친 듯 싸우기도 하고 자신의 음악을 듣고 눈물을 흘리는 이들을 경멸했다고도 한다.

이를테면 그의 교향곡 5번은 첫 소절부터 제 운명에 갇힌 이들을 단숨에 밖으로 끌어낼 듯이 천둥 같은 강렬한 음으로 시작한다. 하지만 그는 청각장애로 자살까지 생각할 정도로 고통에 시달리면서도 세상에 알려지면 지금껏 쌓아 올린 음악인의 영예에 치명적인 타격을 받을까 두려워 철저히 숨겨왔다고 한다. 그러나 그는 소리를 잃고 나서도 굴하지 않고 오롯이 음악에 전념해 교향곡 9곡 관현악곡 13곡 피아노 3중주 14곡 등 수백 곡이 넘는 불후의 음의 바다를 세계 음악사에 남겼으나 다투고 싸웠던 이들과는 끝내 화해를 하지 못하고 평행선을 좁히지 못한 모양이었다. 돌아보면 누구나 그 낯선 사이를 해결하지 못한 채 갈등하며 사는 흔적을 남길 뿐 아닌가.

＊

읽고 나면 여운 때문에 곱씹어보게 하는 우화를 인류에게 선물

한 이솝의 글 한 편을 이곳에 요약해 본다.

「천상의 연못 안 개구리들은 늘 시끄럽게 살아간다. 그러나 그 소란을 참지 못한 몇몇 개구리들은 제우스를 찾아가 도무지 시끄러워서 살 수가 없으니 그들을 다스릴 강력한 지도자를 보내 달라고 간청한다. 그러나 제우스는 그게 좋은 거라며 개구리들을 돌려보낸다. 빈손으로 연못에 돌아온 개구리들은 계속 제우스에게 불평불만을 터뜨린다. 제우스는 하는 수 없이 연못에 커다란 통나무 하나를 떨어뜨린다. 그 통나무는 거대한 뱀이 되어 개구리 소리가 나는 곳이면 놓치지 않고 쫓아가 잡아먹는다. 순식간에 연못은 소리가 사라지고 공포로 가득한 침묵만 흐르는 곳이 되고 만다.」

지금도 그 개구리들은 여전히 차이에서 오는 고통의 소리, 슬픔의 소리, 기쁨의 소리, 다투고 갈등하는 소리, 이해하고 화해하려고 소리로 살아가고 있으며 앞으로도 그럴 수밖에 없을 것이다. 그러나 연못 안 개구리들에게 거대한 뱀의 출현은 지금껏 소란한 소리로 살아온 삶을 중단해야 하는 일이요. 침묵을 강요하는 무소불위한 독재의 등장을 받아들여야 하는 일이기도 하다. 하지만 최첨단 시대라고 믿고 사는 지금도 그 무시무시한 뱀은 틈만 나면 시끄러운 개구리들을 잡아먹겠다고 피 묻은 혓바닥을 날름거리며 고집을 피운다.

소크라테스와 아리스토텔레스까지 관심을 가졌었다는 이솝의 우화는 BC 6세기의 시인이 쓴 이야기다. 그 고대 시인이 사람의 인생사를 그토록 명석하게 꿰뚫었다는 사실이 놀라울 뿐이다. 그러나 이 위대한 시인은 사람들이 보기만 해도 곧바로 놀려대는 아프리카 검은 피부에 추한 얼굴로 팔려 다니는 꼽추 노예였다고도 한다.

그를 두 번째 사들인 주인은 이솝의 풍부한 지식과 재치 있는 말솜씨에 감동해 노예 신분에서 자유롭게 살 수 있도록 풀어주었다고 한다. 그 후 그는 궁중에서 철학자들과 나라의 초석인 법률에 관한 토론을 하게 되었는데 이때 왕의 눈에 들어 재정을 다루는 재상이 되었다고 한다. 그는 왕명에 따라 델포이 시민들에게 금화를 나눠주게 되었는데 그들의 지나친 욕심에 실망해 도로 금화를 왕에게 돌려주려다 분노한 이들에게 성배(聖杯)를 훔쳤다는 도둑 누명을 쓰고 절벽 아래로 떠밀려 죽었다고 한다.

그 지독한 무지와 탐욕 악습과 교활한 속임수들은 수천 년 동안 얼마나 지혜롭고 현명한 이들을 무참하게 죽여온 것일까. 돈과 권력에 대한 욕심이 커지면 커질수록 자유로운 소리는 사라지고 착취를 일삼는 신분 서열의 왕국이 세워질 뿐이다. 이 비극적인 우화는 무소불위한 독재자의 권력이 얼마나 위험한가를 잘 설명해주는 글이기도 하다.

*

　시는 간결하게 압축된 언어 속에 주제를 숨기는 산물이라고도 한다. 맞는 말이다. 그러나 그 방법을 순순히 받아들인다 해도 채울 수 없는 여지는 남는다. 말을 광활한 벌판에 자유롭게 풀어 마음껏 살찌게 한 후 변화무쌍한 인생사를 다양하게 다룰 수 있게 한다면 어떨까.

　어딜 가든 사람 사는 거리에는 숨차게 불거지는 정치적 갈등, 종교적 갈등, 빈부의 갈등, 신분 서열의 갈등, 국경선 갈등, 가지가지 갈등들이 간격을 좁히지 못하고 깔려 있다. 그 거친 물결을 부드럽게 압축한 서정시 몇 줄로 막힘 없이 풀어왔다면 쾌히 그 앞에 머리를 숙였을 것이다.

　데릭 월코트(1930-2017)는 아름다운 시를 써온 고대 시인 「오메로스」를 제목으로 한 편의 장대한 서사시를 7부 64장으로 나눠 써 두툼한 한 권의 책으로 펴냈다. 영국과 프랑스가 지배권을 두고 분쟁하던 카리브해 세인트루시아 섬에서 영국 출신의 아버지와의 혼혈로 태어나 어린 시절을 보낸 시인은 지리적 문화적 역사적으로 반목해온 숱한 갈등과 자신의 정체성, 그 혼란스러운 흔적들을 시종일관 예리하고 아름다운 문맥으로 줄기차게 담아 노벨

상을 품는다.

　우리가 사는 이곳도 천 년이 넘도록 무지와 악습, 오해와 갈등이 멈추지 않았던 곳이요. 숱한 내부분쟁과 외침(外侵)으로 아파할 만큼 아파했고, 슬퍼할 만큼 슬퍼하며 살아온 한 많은 땅이기도 하다. 갈수록 시를 쓰는 이들이 많아지고 있으니 그 자양분을 토대로 오메로스보다 광대하고 독창적인 시들이 분출하기를 기다리게 한다.

*

　나는 젊은 시절 잠시 집을 짓는 곳에서 페인트 일을 한 적이 있었다. 그날은 일하는 도중 볼일이 다급해 화장실을 찾았으나 갈 곳이 없었다. 하는 수 없이 집 밖으로 나가 둘러보니 공사 현장에서 좀 멀리 떨어진 곳에 임시 마련한 뒷간이 있다는 걸 알고 달려갔다.

　마대를 터서 둘러친 그 좁은 곳에서 용무를 보고 나서 화장지를 찾았으나 보이는 건 찢어진 책 한 권이 앞에 걸려 있을 뿐이었다. 몇 장 쓸까 하고 살펴보니 쓸모없는 잡지가 아니라 선정된 소설가들의 단편소설을 엮은 문예지라는 걸 알게 되었다.

　한승원의 소설 「낙지 같은 여자」는 곧바로 찢어져 사라질 차례었다. 나는 뒤처리하는 것도 잊은 채 개펄 냄새 질펀한 바다와 얽혀 사는 어느 작은 마을에 사는 한 집안의 내력을 담은 이야기를 끝까지 읽고 나왔다.

흠결 많은 사람의 삶을 변함없이 너그럽게 품어주는 그 몽환 같은 바다 이야기는 지금도 내 가슴 속에 남아 있다. 힘겨운 젊은 시절에 우연히 읽은 그의 소설 한 편은 어둠을 뚫고 오는 빛과 같았고 보석을 발견하는 시간 같기도 하였다.

지상전 14

참혹한 전투

지상전 15

그날은 오후 늦게부터 비가 부슬부슬 내렸다. 연대장은 비를 맞으며 단상에 올라 무장한 수색 중대 소대원들에게 입을 열었다. 안케패스 19번 도로에 베트콩 몇 놈이 나타나 차량 통행을 막고 있는 모양인데 신속히 소탕하고 오라는 명령을 내리는 것 같았다.

소대원들은 대기하고 있던 헬리콥터를 타고 그곳으로 날아갔다. 이튿날 아침 그들에 대한 입 소식이 있었다. 거침없는 연대장의 지시와는 달리 작전지에 투입되자마자 기습공격을 받고 그 자리에서 죽었거나 행방불명이 된 부대원들도 있다는 거였다.

그 후 며칠이 지나자 그날 수색 중대 소대원들을 기습한 건 지역마다 활동하는 소규모의 베트콩들이 아니라 북베트남의 정규군이라는 이야기가 돌았다. 이미 그들은 미군이 철수를 시작하자 계속 주둔하고 있는 한국군을 타격하기 위해 기갑연대 1대대 1중대가 상주하고 있는 진지 바로 위 638고지를 은밀히 점령한 뒤 베트남의 동맥 같은 19번 도로 일부를 봉쇄한 모양이었다. 그들의 노림 수는 철수 순서를 기다리며 잔류하고 있는 미군 부대의 철수를 압박하려고 무기와 탄약, 식량을 실은 차량을 차단하기 위한 것 같았다. 그들은 그와 동시에 자신들 발치에 있는 1중대 진지를 야습해 본격적인 전투가 벌어지기 시작하였다.

한국군 파병 후 가장 큰 규모라는 안케패스 전투는 그렇게 격화되어 많은 대대 병력이 투입되기 시작하였다. 하지만 전투는 우열을 가릴 수 없을 만큼 팽팽하게 이어지고 있었다.

그들을 궤멸시키고도 남을 것 같은 많은 무기와 포탄들이 미군들 트럭에 실려 연대연병장 야적지와 무기창고에 산더미처럼 쌓여갔다. 그리고 연대포병부대에서는 그들이 점령한 638고지를 향해 이른 새벽부터 밤늦게까지 지축을 흔드는 155미리 대포를 쉴 새 없이 쏘아대곤 하였다. 그때마다 하늘을 육중하게 가르며 날아가는 포탄 소리가 거대한 괴물의 울음처럼 들리곤 하였다.

그뿐 아니었다. 하늘을 장악한 미군 전투형 코프라 헬기들은 마치 638고지를 점령한 북베트남의 군인들 씨를 말릴 듯 그 일대를 샅샅이 누비며 기관총을 쏘는 동시에 로켓포를 퍼부었다. 그리고 뜨거운 햇볕을 반사하는 신예 폭격기가 보일 때마다 고지 곳곳에서는 불기둥이 솟구쳐오르고 있었다.

심지어 그들이 점령하고 있는 고지가 낮아질 정도로 밤낮 가리지 않고 많은 포탄을 퍼부었다고 한다. 그러나 그들은 교묘하게 판 땅굴 속에 숨어있다가 폭격이 뜸해지는 깊은 밤을 이용해 재빨리 훼손된 굴을 복원해 다시 맞서고 있었다. 오죽했으면 그들의 저항선을 뚫기 위해 드럼통에 흙을 가득 넣은 후 산 위로 밀어 올리며 진격하려 했을까. 하지만 그 무거운 드럼통을 산비탈 위로 굴릴 방법이 없어 포기했다는 소식도 있었다.

나는 지금도 연대연병장 한구석에서 화염방사기를 쏘며 훈련을 받던 서너 명의 병사들이 생각난다. 그들은 며칠 후 치열한 고지에 투입되었다는데 그 뒤 생사는 알 길이 없었다. 아군의 막대한 포탄 투하를 생각하면 쉽사리 끝날 싸움 같았는데 치열한 전투는 무려 보름이나 이어져 피아간 적지 않는 사상자들이 나오고 있었다.

헬리콥터들은 고지에서 사망한 아군 시신들을 두툼한 비닐 팩에 담아 그물 망태기로 실어와 흙먼지 풀풀 날리며 연대연병장에 내려놓고 곧바로 고지로 날아가길 반복하고 있었다. 대기하고 있던 병사들은 커다란 강당 바닥이 다 채워질 만큼 그 비닐 팩을 즐비하게 정리해 놓고 밤새도록 지키곤 하였다.

후텁지근한 강당 바닥에 놓인 뒤틀린 시신들을 차분하게 해주는 건 쏟아지는 달빛도, 총총한 별빛도, 흘러가는 구름도, 갈대숲에서 구슬프게 우는 노루 소리도 아닌 부패한 시신들을 들썩들썩 파먹는 흰 구더기들이었다. 그 지옥 같은 비닐 팩에서 빠져나간 영혼들은 앞다퉈 바다를 건너 제집으로 돌아가고 있었다.

나는 그 전투가 끝난 이후 귀국해 군 생활을 마칠 수 있었다. 그리고 먹고 사는 게 숨이 차 그 악몽 같은 638고지의 참혹함을 잊으며 살고 있었다. 하지만 숱한 세월이 지난 어느 날 베트남 전쟁이 왜 시작되었는지 궁금해 자료를 찾아보았다.

수백 년간 베트남을 장악했던 프랑스 점령군이 물러나자 미국은 라오스와 캄보디아까지도 도미노 현상처럼 공산화가 될까 우려해 1964년 통킹만 사건을 통해 참전해 북베트남과 무려 10여 년 넘게 싸우다가 1975년에 철수를 했다는 걸 알게 되었다.

그동안 사망한 미군은 5만 3천여 명이며, 부상자는 15만 정도라고 한다. 그리고 30여만 명을 파월했다는 한국군 사망자는 5066명이며 부상자는 1만여 명이 넘고, 고엽제 피해는 7만여 명 정도라고 한다.

그곳이 어디든 전쟁이 터지면 늘 힘없는 이들만 희생될 뿐이다. 베트남에서 죽어간 민간인들은 6십여만 명이고, 미군이 전쟁 종식을 위해 곳곳에 뿌린 고엽제로 인해 죽은 채 태어난 기형아만 3만여 명이라고 한다. 그리고 미군의 피해는 제외한다 해도 베트남과 라오스, 캄보디아까지 무려 4백여만 명이 넘는 민간인들이 고엽제 피해를 보았다고 한다. 이것이 잔인한 전쟁의 실상이다.

하지만 지금도 지구촌 곳곳에서는 이념 갈등, 종교 갈등, 빈부 갈등, 국경선 갈등 등 가지가지 갈등들이 간격을 좁히지 못하고 조금만 수(數)틀려도 참혹한 전쟁 마다하지 않는다. 과연 누가 누굴 위한 전쟁인가. 저마다는 그 같은 갈등 속에서도 다른 이들이 없으면 하루도 견딜 수 없는 취약한 구조를 지니고 살고 있다. 하지만 제 목숨과 재산이 소중하다면 다른 이들 목숨과 재산도 같은 것이다. 서로 증오하고 분노하고 날카롭게 대립하는 것보다는 조금씩 양보하고 이해하며 어우러져 사는 게 나은 방법이 아닌가.

오늘도 딸기증상 같은 첨단무기들이 불기둥으로 솟구칠 때마다 부서진 건물잔해 속에서 어이없는 죽음을 부둥켜안고 창백하게 우는 이들을 본다. 그러나 그 절규 속에서도 지긋지긋한 전쟁은 멈추지 않고 이어진다.

　누군가는 망각을 축복이라고도 한다. 그만큼 살기 어려운 세상을 말하는 건 아닐까. 그러나 피 냄새 진동하는 참혹한 전쟁으로부터 무기력하게 고개를 돌리는 것보다는 눈 부릅뜨고 전쟁을 비난하는 게 나은 일 아닌가. 오늘도 사람들은 떠도는 전운(戰運)을 머리에 이고 잠을 청할 수밖에 없는 날들이다. 몇몇 권력을 가진 자들이 가지가지 명분을 내세워 전쟁을 시작하지만, 얼마나 많은 이들이 참혹하게 희생되는 날들인가. 누가 뭐라고 해도 전쟁을 일으키는 이들은 용서할 수 없는 범죄자일 뿐이다.

　다시는 참혹한 전쟁으로 울부짖는 이들이 생겨나지 않기를 간곡하게 비는 마음으로 이 미흡한 글을 쓰고 마친다.

평행선

지상전 16

서마다는

하나밖에 없는 개성이요

한번 밖에 살 수 없는 생명이라서

따듯하게 만나고 헤어지면 좋을 텐데

빈부 차이, 신분 차이, 이념 차이,

무수한 차이들이 간격을 좁히지 못하고

전운(戰雲)처럼 깔려 있다

좁히기 어려운 간격을

인정사정으로 풀어보려고 하지만

뿌리 깊은 갈등은 참혹한 전쟁도 마다하지 않는다

말기증상 같은 첨단무기들이 불기둥으로 솟구칠 때마다

참혹하게 부서지는 건물잔해 속에서
어이없는 죽음을 부둥켜안고
창백하게 우는 아픔들이 절규처럼 흘러간다

국경선 안팎을 감시하는
인공위성카메라처럼
차가운 눈총에 멍든 응어리들
오늘도 무덤 같은 가슴에 파묻힌다
얼마나 견뎌야 자유롭게 말하고 듣는 이들이
봇물처럼 쏟아질까

달빛 지우는 평행선 위에 휘어진 등을 눕히고
상혼(商魂)으로 길들여진 눈빛 목소리들이
애달프게 스쳐 멀어지는 걸 바라본다

누가 파묻혀간 응어리를 위해 통곡하는 걸까
역류의 시작은 속죄의 시작인가

지상전 17

안개와 간이역

지상전 18

지나간 추억들을 흰 평원 같은 원고 위에 섬세하게 새기고 싶었다. 하지만 변화무쌍한 시간 앞에 번번이 빗나가는 손이다.

빛과 어둠 사이로 펼쳐진 수풀에는 강바람이 불어오고 눈이 내리고 비가 내린다. 그곳은 가고 가도 끝없는 갈림길이요, 모르는 것으로 가득한 길이요. 서로 자리를 두고 다투는 곳이요, 치열하게 부침을 거듭하는 곳이기도 하다.

홀로 가는 길이 외로워서
누군가를 찾아가는 중이라면

여인의 붉은 입술을 향해
설레는 가슴으로 가시구려.
시작이 있으면 끝이 있듯이
정들어 살다 떠나는 이별이 서러울 때는
목 놓아 펑펑 우시구려.
그 같은 호사마저 누릴 수 없다면
무슨 수로 이 허전하고 쓸쓸한 안개 속 징검다리를
건너간단 말이오.

안개 자욱한 새벽 여린 풀잎 같은 아이들이 희미한 그림자처럼 모여 재잘거리다 코 훌쩍거리며 마을 어귀 어딘가로 가고 있었다. 아이들은 뿌연 안개 속에서 긴 연필 선처럼 이어진 산마루를 타고 희미한 해가 머리를 내밀 무렵 간이역에 도착하였다. 그리고 약속이라도 한 듯 철로가 샛노랗게 물든 개나리 울타리 뒤에 몸을 숨겼다.

초조한 눈빛으로 기다리는 아이들을 향해 안개 속 먼 들판을 웩웩 깨우며 휘어져 돌아오던 기차는 어느새 초롱초롱한 아이들 눈앞에 시커먼 모습을 드러내고 숨차게 수증기를 내뿜으며 서 있었다.

아이들은 망설임 없이 개나리 울타리 뒤에서 튀어나와 기차 안으로 새들처럼 날아들었다. 객실 안으로 들어온 아이들은 주위를 둘러볼 겨를도 없이 객석 밑으로 기어들었다. 어린 것들을 품은 기차는 몸을 떨듯 긴 기적을 토하며 작은 간이역을 떠나 어디론가 한량없이 내달리기 시작하였다.

아이들은 차창 밖으로 꿈결처럼 지나는 풍경을 볼 수는 없었지만, 호기심 하나로 심장박동 소리를 키우며 웅크리고 있었다. 끝없이 내달릴 것 같은 기차는 어느 종착역에 이르러 승객들을 토하듯이 내려놓고 휴식처럼 멈추었다.

아이들은 두근거리는 가슴으로 어른들 뒤를 따라 개찰구를 지나 널찍한 역전광장으로 나왔다. 광장에는 물러날 줄 모르는 깊은 안개가 사람들 모습이나 사물을 흐린 물체처럼 만들며 감싸 흐르고 있었다.

그곳에는 행상인들이 가지고 온 물건을 팔고 있었다. 그리고 그 너머 신작로에는 이른 새벽부터 소달구지로, 지게로, 등짐으로 가져온 곡식과 가축들을 길게 늘어놓고 시끌벅적 거래하고 있었다.

신작로를 끼고 있는 장터 안에는 문을 활짝 연 옷가게, 신발가게, 그릇가게 등 즐비한 가게들이 손님을 부르고 있었고, 음식점 골목에는 삶고 지지고 볶는 냄새가 진동하며 아침 챙길 여유 없이 집을 나선 이들 허기를 채워주고 있었다.

시간이 갈수록 옅어지는 안개 속에서 왁자지껄한 씨름판 소리, 소싸움 응원하는 소리, 튀밥 튀기는 소리, 사고파는 흥정 소리, 장터에는 가지가지 소리들로 채워지고 있었다. 그 중 어디선가 들려오는 엿장수 가위소리는 들뜬 아이들 말랑말랑한 귀를 끌어당기고도 남았다.

아이들은 뱃가죽이 등에 붙어도 사 먹을 돈이 없었다. 냄새 풀풀 풍기는 음식점 앞을 지날 때는 뱃속에서 요동치는 소리에 고인 침을 꼴깍꼴깍 삼킬 뿐이었다. 하지만 아이들은 그 생생한 장날 풍경에 홀린 듯 이곳저곳을 돌아다니고 있었다.

산다는 건 그곳이 어디든 끝없는 갈림길의 연속이다. 변화무쌍한 시간의 파도를 타고 사는 목마른 이들은 아프고 슬프고 두려워도 그 길을 갈 수밖에 없고, 가야 한다. 세상에 고통 없는 여행이 어디 있으며 두렵고 불안함이 없는 모험이 어디 있단 말인가.

어스름이 내리자 뿔뿔이 빠져나간 이들로 장터는 헐렁하게 비어가고 있었다. 그제야 정신을 차린 아이들은 어린 물고기들처럼 그곳에서 역으로 달려가 기차에 몸을 실었다.

　별이 총총히 빛나는 차가운 밤, 아이들은 횃불을 들고 동네 안
팎을 돌며 애타게 찾는 부모들 곁으로 돌아갔다.

　속절없는 세월에 어느새 검은 머리 희끗희끗해지는데 내 고향
오송 간이역은 지금도 꿈꾸는 아이들을 아련히 부르는 손짓처럼
남아 있다.

지상전 19

꽃구경

정윤찬

　어젯밤 세차게 부는 바람에 미세먼지가 말끔히 날아갔는지 아침 하늘이 깨끗하다. 아내에게 오늘 같은 날은 꽃구경이나 가자고 했다. 아내는 어디로 갈 요량이냐며 반색한다.

　지금껏 아등바등 살아온 그녀의 얼굴에는 어느새 싱싱했던 젊음은 간 곳 없고 약을 한주먹씩 먹으며 초췌하게 늙어가는 모습만 남아 있다.

　"작년 가을 단풍을 보러 대청호 추동리 쪽으로 가지 않았소? 오늘은 그 반대편으로 가볼까 하오. 벚꽃이 진풍경이랍디다."

긴 겨울을 잘 견디며 보낸 보상이라도 받듯 아내를 곁에 태우고 소풍 길을 나선다. 가오동을 거쳐 세천고개를 넘어 옥천 방향으로 가다 푸른 호수를 끼고 있는 절골 쪽으로 진입을 한다.

그 길로 접어들자 양옆으로 길게 늘어선 아름드리 벚나무 가지들이 촘촘히 맞닿아 긴 터널을 이루고 있었다. 아내와 나는 흐드러지게 핀 꽃 속에 파묻혀 탄성을 터뜨린다. 이 눈부신 풍경은 가고 가도 끝나지 않을 것만 같았다.

꽃 지붕 아래를 꿈결처럼 달리는 중인데 호수에서 한 줄기 바람이 불어온다. 분홍 꽃잎들이 눈송이처럼 휘날린다. 나무 주변에도 찻길에도 수북이 떨어져 이리저리 휩쓸리며 꽃물결을 일으킨다.

긴 꽃 지붕 아래를 빠져나왔으나 벚꽃은 계속 이어졌고 그 사이사이에 개나리꽃이 어우러져 또 다른 풍경을 이루고 있었다. 우리는 어부동을 지나 남대문교를 넘지 않고 청주 문의면 쪽으로 방향을 틀었다. 그리고 거의 한 시간 반 정도나 되는 꽃길을 달리는 호사를 누렸다.

목적지인 문의면 주차장에 차를 세우고 아내와 함께 내렸다. 그리고 한가로운 마음으로 까마득히 펼쳐진 푸른 호수를 바라보며

조용한 동네를 한 바퀴 돌았다. 그리고 그곳의 명소인 미술관에
들러 전시된 여러 작품을 살펴보기 시작하였다.

앞서 둘러보던 아내가 손짓한다. 나는 다른 그림을 감상하다 곁
으로 다가간다. 그녀가 보고 있는 그림에는 돌을 깔끔이 쌓아 올
린 둥근 단이 있었고, 그 한가운데는 커다란 나무 한 그루가 우뚝
솟아 있었다. 그 둥근 단은 화가의 창작 뿌리가 담긴 그릇 같았고
이파리 없이 굵게 솟아오른 나무의 잔가지들은 자유로운 화가의
춤사위처럼 바람에 휘날리고 있었다.

아내의 발길을 사로잡은 그 그림은 가득히 채색된 다른 그림들
과는 달리 가능한 흰 여백을 침범하지 않으려는 듯 예리한 연필
선으로 섬세하고 간결하게 완성해 눈길을 끌고 있었다.

"이 드로잉작품 어때요?"
아내가 묻는다.
"신선한 화가의 영혼을 보는 것 같소."
나는 빙긋이 웃는다.
"집에 걸어두고픈 욕심 안 나세요?"
"아니요. 보고 갈 수 있는 것만으로도 고맙고 충분해요."

우리는 여러 작품을 관람하고 나왔다. 그리고 출출한 배를 달래

려고 가까운 음식점에서 점심을 먹은 후 차에 올랐다.

대청호 수문 아랫길을 지나 신탄진 쪽으로 가지 않고 취수탑이 있는 추동리 쪽으로 방향을 틀었다. 그리고 거의 세 시간 가까이 꽃구경을 하고 집으로 돌아왔다. 아내는 모처럼 만의 소풍에 만족한 얼굴로 제 방으로 들어가 쉬는 것 같았고, 나는 내 고요한 작은 방 의자에 앉는다.

멀미가 나도록 피어 있는 분홍 꽃 속을 달려 대청호를 한 바퀴 돌아왔으니 족하면 그만이었다. 그런데 왜 이리 심란한 걸까. 꽃 속에 내장된 무언가를 꺼내 정리하질 못해 그런 걸까. 아니면 꽃은 아름다운 대상이 아니라 그 모양과 빛깔 향을 받아들이는 몽환적인 기호 탓이라고 여겨서 그런 건 아닐까.

꽃이 아름다운 건 피는가 싶으면 시들기 시작하는 변화무쌍한 시간의 파도를 타고 놓칠세라 벌 나비를 유혹해 수정하고 씨를 맺는 절정의 순간이 있어서 아닌가. 안개 속을 가는 인생은 고단하고 허전하고 외로울 수밖에 없지만, 그래도 이렇게 아내와 소풍이라도 다녀올 수 있다는 건 행운이요. 아름다운 추억 아닌가.

세상에 가장 빠른 건 시간이다. 그 시간의 숨결이 그토록 소중한 건 화무십일홍처럼 피었다 지는 분홍 꽃잎을 위해, 숲을 깨우는 새소리를 위해, 요염한 여인의 자태를 위해, 어이없이 다치고 무너지는 이들 슬픔을 위해, 소리 없이 흘러가는 순환의 굴레가 있기 때문이다.

　우리는 있어도 있는 게 아니요. 없어도 없는 게 아닌 애매한 존재로서 안개 속 징검다리를 건너가는 중이다. 그 아프고 슬프고 불안한 순간들을 달래기 위해 문명을 확대해왔고, 영혼을 살찌우는 예술을 장식해왔다. 하지만 시간이란 가고 가도 끝없는 미로요. 갈림길이 아닌가.

　오늘도 서로 치열하게 다투며 부침하는 속에서도 인정사정으로 가정을 이루고 친구를 만나며 그리움으로 사는 건 아닐까. 그런 세상을 위해 땀 흘려 일하며 애태우는 이들 곁에서 꽃 구경을 하고 돌아와 노년의 하루를 보내는 중이니 얼마나 고마운 일인가.

지상전 20

악습

지상전 21

아이는 다른 이들과 트럭 짐칸에 실려 가며 형들에게 어디로 가는 중이냐고 물었다. 그들도 종착지를 모르는지 묵묵부답이었다. 서울 지리에 대해 거의 아는 게 없는 아이는 생소하게 스쳐 가는 풍경들을 바라볼 뿐이었다.

응암동 수재민 비탈 동네에서 십여 년쯤 살고 나서야 그 미로 같은 서울 거리가 조금씩 익숙해지고 있었다. 돌아보니 지금의 용산 초등학교에서 출발한 트럭들은 남영동과 서울역 앞을 지나 남대문을 휘어 돌았다. 그리고 오른쪽에는 일본인들이 지었다는 옛 시청 건물과 시계탑이 있는 국회의사당이 보이는 대로(大路)를 지나 광화문 네거리 쪽으로 달리고 있었다.

줄지어 달리는 트럭들은 광화문 네거리를 거쳐 서대문 사거리
에서 신촌 쪽으로 직진하지 않고 우회전을 해 영천 쪽으로 향하고
있었다. 다른 이들과 트럭 바닥에 조용히 앉아 있던 사람들 가운
데 갑자기 큰형이 큰소리로
"저게 독립문이야. 그렇다면 이 근처 어디인가에는 항일투사들
이 투옥되어 고초를 겪었다는 서대문형무소가 있을 거야!"

나는 호기심에 찬 눈빛으로 형의 손가락 끝 방향을 바라보았다.
그곳에는 흑백사진으로 한두 번 본 것 같은 태극문양이 새겨진 석
재건축물이 하나 서 있었다. 그러나 서대문형무소 건물은 목을 빼
고 찾아도 보이지를 않았다. 그 주변을 두리번거리는 사이에 트럭
들은 독립문 옆길을 지나고 있었다.

나는 형의 다음 말을 기다렸으나 더 이상의 이야기는 없었다.
왜일까. 독립문과 서대문형무소에 관해 아는 게 그게 전부라서 그
랬을까. 아니면 처량한 수재민 처지에 어울리지 않는 말을 한 게
쑥스러워 입을 다문 건 아닐까. 나의 호기심은 더 나가지를 못했
다.

훗날 고종(高宗)의 윤허로 중국 사신을 맞이하던 영은문을 헐

어내고 그 자리에 일제로부터 빼앗긴 나라를 되찾겠다는 일념으로 프랑스 개선문을 모델로 독립문을 세웠다는 자료를 읽을 수 있었다. 그리고 서대문형무소는 어린 후대들 교육을 위해 역사관으로 탈바꿈했다는 신문 기사를 읽은 적이 있었다.

나는 느린 속도로 시내를 한 바퀴 돌아와 독립문 뒤편 널찍한 공간에 한가롭게 쉬고 있는 전차들을 바라보았다. 트럭들은 그 전차 종점을 끼고 돌아 영천 고개 위로 줄지어 올라가고 있었다. 그러나 고개내리막 길은 비포장도로였다.

트럭들은 덜컹덜컹 흙먼지 풀풀 날리며 홍은동 극장 앞을 지나 녹번동 고개를 넘어 삼거리에서 수색 방향으로 달리고 있었다. 길가 논에는 누렇게 익은 벼들이 가을바람에 일렁이고 있었다. 그 황금 물결을 헤치듯 달리던 트럭들은 수색 중간 지점에서 왼쪽으로 핸들을 틀어 좁은 길로 접어들었다.

그 낯선 곳으로 진입한 트럭들은 줄지어 멈추었다. 그러자 사람들은 짐을 내리기 시작하였다. 나도 트럭에서 풀쩍 뛰어내려 잠시 주변을 둘러보았다. 하늘은 구름 한 점 없었고 해가 뜨는 동쪽에는 제법 높은 산이 긴 능선으로 펼쳐져 있었다. 그리고 산 중턱 아래에는 서너 대의 불도저가 쉴 새 없이 움직이며 계단식으로 평탄 작업을 하고 있었다.

차에서 짐을 다 내린 이들은 호명하는 인솔자를 따라 지정된 천막촌에 입주를 시작하였다. 족히 백여 채가 넘어 보이는 천막촌은 저 멀리 평지를 덮고 있었다. 그리고 그 주변에는 원주민들 가옥들이 응암동(鷹岩洞)이라는 이름 아래 드문드문 자리를 잡고 있었다. 훗날 그 동네를 자세히 살펴보니 이름 그대로 하늘에는 매들이 유유히 맴돌며 먹이를 찾고 있었고 산 중턱에는 커다란 검은 바위들이 군데군데 운집해 있었다.

천막 안으로 들어가 보니 한 채에 네 가구가 살 수 있도록 4등분으로 나누어져 있었는데 바닥은 맨땅이었다. 하루 다르게 기온이 내려가는 늦가을이라 그런지 땅바닥에서 차가운 습기가 올라와 하룻밤에도 몸이 오그라드는 것 같았다. 밤잠을 설친 수재민들은 이튿날 이른 아침부터 뒷산으로 올라가 마른 낙엽이나 솔잎을 긁어와 바닥에 두툼히 깔았다. 그리고 그 위에 쌀가마니를 터서 두어 겹 깔고 나서야 짐을 정리할 수 있었다. 그러나 차가운 겨울 북풍을 이겨낼 수는 없었다. 작은 연탄난로를 설치했으나 그 열기로는 공동우물에서 길어온 물이 천막 안에서도 꽁꽁 얼어붙곤 하였다.

춥고 배고픈 수재민들에게 미국 구호 단체에서 보내줬다는 옥수수가루로 쑨 죽을 매일 한 집에 한 바가지씩 나눠 주곤 하였다. 사람들은 줄을 길게 늘어서서 소금 간도 없는 그 밍밍한 죽을 서로 먼저 타려고 다투곤 하였다. 그러나 배급받는 죽만으로는 도저히 허기를 견딜 수 없어 어른들은 이른 새벽부터 일거리를 찾아 시내로 나갔다. 그렇게 혹독한 겨울을 힘겹게 보낸 수재민들은 뒷산에 작은 연록 이파리들이 싱싱하게 차오르는 따듯한 봄을 맞이하면서 조금씩 안정을 찾는 듯하였다.

불도저들이 평탄 작업을 끝낸 자리에는 한겨울에도 진종일 뚝딱거리며 분주하게 수재민 주택이라는 걸 짓고 있었다. 먼 천막촌에서 바라보면 지붕들이 인삼밭 덮개처럼 촘촘히 돋아나고 있었다.

그 수재민 주택에 입주하고 나서 아버지와 형들은 일 년이 넘게 미뤄왔던 내 전학문제를 의논하기 시작하였다. 그 후 며칠 지나지 않아 큰형은 내게 전학 서류라고 건네주며 학교를 찾아가 보라고 하였다.

나는 드디어 기다리던 다른 학교로 전학하게 되었다. 큰형수는 전학하기 전날 오랫동안 접어 두었던 막내 시동생의 교복을 찾아 빨고 말린 뒤 헤진 곳에 헝겊을 덧대 꿰매고 나서 정성껏 숯불 다리미로 다렸다. 그러나 떨어진 윗단추 두어 개는 끝내 찾지를 못해 그냥 그대로 입고 갈 수밖에 없었다.

나는 아침 일찍 일어나 지금의 모 초등학교로 향했다. 그러나 함께 가서 전학을 도와줄 식구들은 아무도 없었다. 돌아보니 그것마저 사치였다. 혼자서 긴장된 얼굴로 학교 정문을 지나 교무실로 들어갔다. 그리고 한 젊은 여선생에게 준비한 서류를 건네주었다. 그녀는 대충 살펴보고 나서 한 중년 사내에게 데려다주며 담임 선생님이라고 알려 주었다. 나는 그에게 허리를 굽혀 반듯하게 인사를 하였다. 담임은 서류를 꼼꼼히 살펴본 뒤 아직 수업하기 전이니 교실에 가서 기다리라고 하였다.

담임이 알려준 교실을 찾아가 보니 웃고 떠들며 노는 아이들 소리로 가득했다. 하지만 생판 낯선 곳이어서 선뜻 들어갈 용기가 나질 않았다. 한동안 복도를 서성거리다가 슬그머니 뒷문을 열고 안으로 들어갔다. 시끌벅적하게 놀던 아이들 몇몇이 다가와 누구냐고 물었다. 나는 전학을 왔다고 나직이 말했다. 그러자 누군가 큰소리로 반장을 불렀다. 교실 앞쪽 아이들과 놀던 반장이 빠르게 나타났다.

그는 교실을 지배하는 우두머리처럼 오른손에 긴 막대기를 쥐고 있었다. 그리고 전학을 왔다는 나의 옷차림을 찬찬히 살펴보기 시작하였다. 무언가 잘못되어 가는 것 같았다. 불길한 예감은 빗나가지 않았다. 그는 그 긴 막대기로 단추가 없는 내 가슴팍과 기어 입은 복부 쪽을 번갈아 쿡쿡 찌르며 왜 교복 상태가 이 모양이냐며 오만하게 텃세를 부렸다.

이런 일은 처음 겪는 게 아니었다. 고향 학교에서도 비슷한 경험을 해본 적이 있었다. 3학년 때였다. 나는 굶기를 밥 먹듯 하는 궁핍한 집안 형편 때문에 도시락을 싸 갈 수가 없었다. 자연히 점심시간 때마다 혼자 교실 밖으로 나가 떠돌곤 하였다. 그런 나를 힘센 몇몇 아이들이 몹시 괴롭혔다.

그날은 수업이 끝나고 청소를 하던 중이었다. 갑자기 여러 놈이 달려들어 내 누더기 같은 옷을 남김없이 벗겨버렸다. 그리고 발가벗겨진 내 알몸을 머리 위로 추켜올리고 헹가래 치듯 교실을 돌기 시작하였다. 순식간에 교실 안에는 사내아이들 함성과 계집애들 킥킥대는 소리로 가득했다. 나는 이를 악물고 사방을 두리번거렸으나 뜨거운 여름 햇살과 매미 우는 소리만 교실 유리창에 부서질 뿐 그 어디에도 구원의 손길은 없었다.

그때 겪었던 일과 놈의 막대기가 혼란스럽게 중첩되어 참을 수 없는 분노가 솟아올랐다. 나는 한번 짓밟히기 시작하면 끝이 없다는 걸 알고 있었기에 반장의 막대기를 뿌리치며 미친 듯 달려들어 놈을 교실 바닥에 넘어뜨리고 엎치락뒤치락 싸우기 시작하였다. 그러나 싸움을 시작한 지 얼마 되지 않아 교실 밖에서 망을 보고 있던 한 아이가 복도를 걸어오는 담임 선생을 보고 황급히 교실

안에 그 사실을 알렸다. 구경하던 아이들은 서둘러 제자리로 돌아
갔고 엉켜 싸우던 반장과 나도 즉시 떨어졌다.

아무런 낌새를 알아차리지 못한, 아니 이미 무언가 감지하고 있
었을지도 모를 담임 선생은 교실 안으로 들어와 칠판이 걸려 있는
교단에 올라서서 천천히 교실을 둘러보았다. 그리고 맨 뒤 빈자리
에 앉아 있는 나를 불러 옆에 세웠다. 담임은 지켜보는 아이들에
게 먼 지방에서 전학 온 친구라고 소개를 하였다. 그리고 모든 게
낯설고 어려운 게 많을 테니 너희들이 도와주며 사이좋게 잘 지내
라고 신신당부를 하였다.

담임은 나를 일 분단 중간쯤에 앉을 수 있게 자리를 배정을 해
주었다. 하지만 수업이 끝날 무렵 쉬는 시간에 한 아이가 조용히
곁으로 다가왔다. 그리고 수업이 끝나면 다시 붙자는 반장의 말을
귓가에 속삭이고 돌아갔다.

피할 수 없는 일이었다. 수업 뒤 청소가 끝나자 반장을 필두로
여러 놈에게 에워싸여 교실 밖 운동장으로 나왔다. 한적한 운동장
에는 긴장으로 굳어버린 나와는 달리 나른한 봄바람이 짙은 라일
락 꽃향기를 풍기며 불어오고 있었다. 놈들은 나를 학교 옆 커다
란 묘지가 있는 작은 동산으로 데려갔다. 그리고 이파리가 돋아나
기 시작하는 잔디 위에서 반장과 나를 빙 둘러쌌다.

반장은 교복 상의를 벗어 던져버리고 잠시 나를 노려보았다. 그리고 망설임 없이 주먹을 뻗어 왔다. 하지만 비슷비슷한 또래의 싸움이었다. 서로 끌어안고 치고받으며 나뒹굴었다. 하지만 가까스로 반장의 배를 깔고 올라가 주먹을 날리려고 하면 그때마다 주위를 에워싼 놈들이 나를 끌어내렸다. 그리고 반장이 내 배를 깔고 앉아 맘껏 때릴 수 있도록 도와주었다. 아무리 악을 쓰며 덤벼도 승산 없는 싸움이었다.

반장은 분이 풀릴 때까지 주먹질을 멈추지 않았고 나는 체념하듯 상처 난 얼굴을 옆으로 돌렸다. 그리고 작은 동산 저 아래쪽 평지에 지어진 고래등 같은 검은 기와지붕을 무심히 바라보고 있었다. 나는 그날 반장에게 실컷 두들겨 맞았다. 그리고 며칠 후 그 기와집이 반장네 집이라는 것도 알게 되었다. 먼 훗날 생각해 보니 그때 반장이 휘두르던 힘의 원천은 그 부유한 검은 기와집에서 시작해 담임이 눈감아 주던 긴 나무막대기로 이어지는 건 아닌가 하고 추측하다가 고개를 저은 적이 있었다.

한번 시작한 폭력은 그칠 줄을 몰랐다. 학년 막바지로 접어들자 놈들은 나를 더욱 집요하게 괴롭히고 있었다. 그날도 방과 후 반장 패거리들에게 학교 옆 인적이 드문 좁은 골목으로 끌려갔다. 동정심 따위는 눈곱만큼도 없는 놈들이었다. 놈들은 그저 재미로 돌아가며 내 복부를 걷어차고 주먹으로 얼굴을 가격하며 킥킥거렸다.

나는 코피가 터지고 숨이 막혀 눈앞이 아득해졌다. 이러다가는 죽는 건 아닐까 하는 두려움에 떨고 있었다. 주위를 살펴보아도 이 답답하고 위험한 상황에서 빠져나갈 방법이 없었다. 그러나 그날은 운이 좋았다. 어느 한 청년이 그 골목을 지나가다가 그 기막힌 광경에 분개한 듯
"이놈들 당장 멈추지 못해!"
벼락같은 소리를 지르며 달려왔다. 그러자 놈들은 슬금슬금 꽁무니를 빼고 흩어지기 시작하였다. 난생처음 누군가에게 도움을 받는 순간이었다. 그러나 그 같은 행운은 그날 단 하루뿐이었다.

그날 이후부터는 학교 가는 게 무섭고 두려웠다. 동네 아이들과 어우러져 아침 등굣길을 가다가 슬그머니 뒤로 빠져 혼자 산으로 들어가 진종일 쏘다니곤 하였다. 그제야 나는 그 지긋지긋한 아이들 손아귀에서 벗어날 수 있었다. 그리고 학교생활에서는 경험할 수 없었던 해방감을 맛보기 시작하였다. 산에는 빈부 차이도, 신분 서열 차이도, 증오도, 분노도, 차가운 눈총도 없는 그런 곳이요. 비좁은 학교 교실보다는 비교할 수 없이 크고 너른 교실이 기다리는 곳이기도 하였다. 나는 그때 체득한 자유로운 경험으로 훗날 찌든 가난을 참고 이겨내는 데도 적지 않은 도움을 받곤 하였

다. 그리고 틈틈이 읽은 책들은 든든한 뒷배가 되어 주기도 하였
다.

숱한 세월이 흐른 지금도 아이들 학교 폭력은 여전하다. 어느
날 동네 아파트 휴게소에서 잠시 앉아 쉬고 있는데 학교 수업을
끝낸 초등학교 아이들이 웃고 떠들며 집으로 돌아가고 있었다. 평
화롭고 달콤한 소리가 숨 쉬는 풍경이었다. 그러나 갑자기 덩치
큰 한 녀석이 왜소한 아이의 복부를 서너 차례 걷어차고 주먹으로
얼굴을 때리기 시작하였다. 순식간 평화는 깨어지고 긴장감이 감
돌았다. 맞은 아이는 창백한 얼굴로 쭈그려 앉아 있었고 나는 자
리에서 벌떡 일어나 벼락같은 소리를 지르며 녀석에게 달려갔었
다. 그러나 그 어린 녀석은 달려오는 늙은이를 마주 보며 뭘 어쩔
건데요? 냉랭하게 반문하듯 서 있었다. 내 어린 시절에는 분노한
청년이 달려오자 슬금슬금 도망들 쳤는데, 그동안 세상이 얼마나
바뀐 것일까. 대체 이 녀석은 무얼 믿고 이리도 당당할 수 있는 걸
까. 나는 벽을 만난 것 같았다.

나는 그날 맞은 아이에게 아무런 도움이 되지를 못하였다. 하지
만 아이들 학교 폭력이란 어른들 눈에 잘 띄지 않는 곳에서 드물
게 일어나는 일이라서 대수롭지 않게 여기는 이도 있을 것이다.
심지어 아이들은 싸우면서 자란다는 이들도 있었다. 물론 가볍게
티격태격거리면 탓할 거리도 되질 않는다. 하지만 아이들 학교 폭

력은 어른들이 쉽사리 해결할 수 없는 또 다른 문제요. 앞으로도 계속될 문제였다. 그리고 그 고질적인 문제는 어른들 사이에서도 일어나는 갈등과 증오의 한 단면이기도 하였다.

왜 이 같은 일들은 끊임없이 반복되는 것일까. 신분 서열을 근절하지 못하고 사는 탓일까. 아니면 아이들에게 인성을 충분히 가르치지 못해 그런 것일까. 나는 어린 시절에 겪었던 아픔을 시로 써서 발표한 적이 있어 이곳에 옮겨 본다.

악습

지상전 22

청소가 끝날 무렵

힘센 아이들이

내 남루한 옷을 벗기고

알몸을 헹가래 치며 교실을 돌았다

사내아이들 함성과 계집애들 킥킥대는 웃음 속에서

이 악물고 울었지만

뜨겁게 우는 매미 소리와

교실 창엔 오후 햇살만 부서질 뿐

구원의 손길은 없었다

심야에 꾸역꾸역 솟은 검은 연기는

거리의 상징 같은 건물을 삼키며
책이 빽빽하게 진열된 지하 서고를 덮쳤다
몰려온 사람들은 인명피해가 없다는 말에
안도의 표정으로 돌아갔지만
푸른 불꽃 속에서 살려달라고 피를 토하는
은하수 같은 글자들을 구해야 한다고
발 동동 구르는 이는 없었다

피 말리게 다듬어
한 줄 한 줄 태어나는 글들의 재앙을
악착같이 뒤에서 팔짱 끼고 바라보던 그들은
내 나이 67세,
55년이 지난 지금도 달라지지 않고 킬킬거리며
사서(司書)를 꿈꾸는 나를 밟는다

저마다는
쿵쿵 울리며 지나는 거족 아래 엎드려
자기 생존방식이라는 집을 짓고
슬금슬금 찾아오는 욕심과 눈치껏 동거하며
기회를 찾는 곳에서 필패처럼 앉아
무권력의 성지(聖地)로 가려고
태워도 태워지지 않는 사상의 향기로 기록된
선습(善 習) 하나 일으킬 문맥을 찾는다

지상전 23

처갓집 가는 길

지상전 24

실구름 몇 가닥 흩어진 가을 하늘은 깊고 푸르다. 오곡이 무르 익는 이런 날에는 지울 수 없는 얼굴이 떠오른다.

늘 말없이 집안을 이끌던 장인어른은 오래전에 세상을 뜨셨고, 정이 많았던 장모님은 장수하시다 장인의 뒤를 따랐다.

작은 시골 중학교 선생님이었던 장인은 이른 새벽부터 자신의 논밭을 한 바퀴 둘러본 뒤 자전거 뒷자리에 도시락을 단단히 묶는 다. 그리고 다람쥐 쳇바퀴 같은 일상을 위해 학교로 멀어진다. 지 금도 그 성실한 뒷모습이 눈앞에 아른거린다.

장인은 해마다 모내기 철이나 추수철, 혹은 크고 작은 집안일이 있을 때마다 그냥 넘어가지를 않았다. 돼지를 잡거나 음식을 푸짐히 장만해 작은 마을 사람들이 고루 먹을 수 있게 몇 날 며칠 잔치를 하곤 하였다. 쉬운 일이 아님에도 장인 장모님은 가난했던 그 시절 그곳 사람들을 정성껏 챙기셨던 분들이다.

장인은 예순이라는 나이에 갑자기 위암으로 돌아가셨는데 그 앙상한 모습이 지금도 애달프다. 그래도 나에게는 든든한 장인 장모님이 살아계셨을 때가 좋았다. 그때는 처가 집이 내 집처럼 편하고 푸근해 자주 드나들곤 하였다.

꽃 피는 봄에도, 매미 왕성하게 우는 여름에도, 오곡이 풍성히 익어가는 가을에도 지친 몸과 마음을 채워줄 것 같은 방문이었다. 아내의 고향 집은 수십 년 그리 정이 든 곳이었다.

치열하게 다투며 사는 빽빽한 도시를 벗어나 탁 트인 공간으로 이동한다는 게 얼마나 즐거운 일인가. 대전에서 고속도로를 타고 논산 톨게이트를 빠져나가 한가로운 시골 풍경을 달린다.

연무대 시외버스정류장을 지나 강경에 이르면 배가 출출해져 곧잘 길가에서 구워 파는 붕어빵 한 봉지를 사서 아내와 흐뭇하게 먹었던 기억이 새삼스럽다.

거침없는 세월에 하루 다르게 변해가는 모습들, 늙을 줄 모르는 건 추억뿐인가. 고속도로처럼 뚫린 논산, 부여, 홍산에서 지름길로 접어들면 좀 빠른데 굳이 구불구불 이어지는 이차선 국도를 고집하는 건 천천히 가며 한가로운 시골 풍경에 푹 파묻히고 싶어서였다.

강경에서 빠져나와 황산대교에 이르면 너른 하구를 향해 천천히 흐르는 금강물이 시원하게 펼쳐져 있다. 그 옛날 강경포구에서는 컴컴한 새벽부터 군산 장항 하구 쪽에서 뽀얀 물안개를 헤치며 새우젓, 멸치젓, 황석어젓을 담그는 어류를 잡은 작은 어선들이 수채화처럼 드나들었을 테고, 외지에서 찾아오는 손님들로 북적였을 거다.

예전에는 김장철마다 젓갈을 사려고 강경을 찾는 손님들로 북적였는데 지금은 교통이 발달해 내륙시장에서도 비슷한 값으로 팔고 있어 그런지 한산하다. 한 폭의 그림 같은 풍경을 품고 있는 황산대교를 지나 오밀조밀 모인 시골 마을 길을 끼고 달리면 길가에 누렇게 익은 황금 나락이 한 줄기 바람에 일렁거린다.

가고 가도 질리지 않는 도로를 따라가다 붉은 칸나 꽃 화려하게 핀 곳에 이르면 해방감이 커져서인지 나도 모르게 콧노래를 흥얼거린다. 아내는 제목도 모르는 가요 몇 곡 뽑아 제낀다. 우리는 음정 박자 아랑곳없이 이런저런 노래를 짤막짤막 부르고 있었다. 그 잊지 못할 순간들은 기억 속에 촉촉이 젖어 있었다.

부드러운 산 능선 아래로 들어선 들과 마을은 곱고 어여쁘다. 그래서일까. 작은 마을에서 들려오는 개 짖는 소리마저 다정히 들려오는 것 같다. 하긴 각박한 도시 그 어디에서 이처럼 흙냄새 가득한 풍경을 접할 수 있을까.

이마를 맞댄 이십여 채의 가옥을 지키는 늙은 버드나무를 끼고 지나간다. 그리고 충화 저수지 수문 옆길을 타고 오르면 너른 은색 수면이 저 멀리 펼쳐져 있다. 그 물가에 낚싯대를 드리운 이들 원색파라솔이 한가롭다 못해 눈 시리게 외롭다.

지난가을 어느 날이었다. 수초 가득한 저수지 상류를 지나가다가 진객을 만났다. 추위를 피해 이곳으로 날아온 모양인데 수면 위를 미끄러지듯 다니며 먹이 활동을 하고 있었다. 나는 길가에 차를 세우고 아내와 숨죽이며 찬찬히 살펴보았다. 무려 십여 마리가 넘는 흰 깃털의 백조와 검은 깃털의 흑조였다. 대청호에서도 한두 마리 두어 번밖에 볼 수 없었던 귀한 손님들인데 이게 웬 횡재란 말인가. 한동안 우아한 고니의 자태에 넋을 빼앗긴 듯 눈 호강을 하다 해마다 찾아오길 바라는 마음으로 그곳을 떠나 길 재촉을 한 적이 있었다.

이리저리 휘어진 길을 따라 산을 넘고 들을 지나 두어 시간 넘게 달린다. 그리고 말없이 반겨주는 아내의 고향마을 어귀에 들어선다. 예전에는 처가 집 마당에 차를 세우면 밭에서 일하느라 검게 탄 얼굴로 환하게 반기시던 장모님이 이제는 흐린 기억 속에서나 사신다.

그날 저녁 제사를 지낸 후 음복을 한 뒤 밥을 먹으며 처가 식구들과 이런저런 이야기를 나누는 중이었다. 말없이 앉아 있던 작은처남이 불쑥 나서서 시를 쓴다는 자형이 못마땅한지 쓸데없는 짓을 한다고 투덜거린다. 돈이면 그만인 세태에 누가 누굴 탓하랴. 시를 쓴답시고 자기 누나를 고생시키기도 하였으니 틀린 말도 아니어서 담담히 흘려 버린다.

태어나는 아기에게는 두 가지 조건이 이어진다. 하나는 먹지 않으면 살 수 없는 욕구이다. 이 욕망을 해결하기 위해서는 한평생 다른 이들과 경쟁하며 땀 흘려 일해야 한다. 그리하지 않으면 생활이 곤궁해져 사는 게 어려워지기 때문이다.

다른 하나는 시적 감성이다. 시적 감성이란 따듯하고 너그러운 성질이라서 서로 섞여 살아야 하는 이들에게는 살림의 근원이기도 하고. 누군가를 무언가를 끊임없이 그리워하는 샘물이기도 하

다. 그리고 지나친 물질적 욕망으로부터 소중한 것들을 지키려는
원초적인 동력이기도 하다.

너그러운 시적 감성 없이 더 가지려는 물질적 욕망만 가득하다
면 남이야 죽든 말든 나 하나 잘 되면 그만이다. 하지만 한 푼이라
도 더 움켜쥐려는 늪에 빠지면 빠질수록 인정사정은 사라지고 아
픔과 슬픔 그리움은 메말라 갈 뿐이다.

그 황량한 자리에는 의심과 분노, 증오심과 복수심, 속임수만
남게 되는데 결과는 빤하다. 인류는 이미 수천 년 전에 멸망했어
야 했다. 하지만 지금도 시적 감성인 측은지심으로 사랑하는 가족
과 지인, 그리고 그 너머 겹겹 둘러싼 이들과 공동체를 이루며 오
늘을 살고 내일을 기다리는 중이다.

나의 장인 장모님은 온몸으로 시를 쓰듯이 이웃들과 일상을 섞
으며 살아온 순박한 분들이다. 돌아보면 우리는 누가 곁에 없으면
한 시도 살 수 없는 이들이다. 그 사이에서 몸부림치듯 아파하고
슬퍼하고 그리워하며 살다 어느 날 희미한 흑백사진 같은 추억들
을 남기고 회전목마를 타고 떠나는 존재들이 아닌가. 시적 감성이
란 요람을 지니고 사는 동안은 장인 장모님을 추억하는 추모제를
지내고 돌아가는 발길이 고맙고 소중하다.

지상전 25

기후변화

지상전 26

2023년 한반도의 겨울은 다른 해보다 추울 거라는 기상 예보가 있었다. 그 예보에 의하면 북극을 감싸 도는 제트기류가 일정하게 유지되어야 삼한사온이 이뤄지는데 기후변화로 순환구조가 깨져 늘어진 U자형으로 돌아간다고 한다. 그 바람에 뜨거운 공기가 치고 올라간 유럽 일부 지역은 겨울임에도 초여름 날씨가 되기도 하고 반대로 겨울에도 따듯했던 미국 텍사스주의 경우에는 강한 한파가 내려와 적지 않는 피해를 주기도 한 모양이다.

뜨거운 한여름에도 눈이 펑펑 내리는 곳이 있는가 하면, 강우량이 적어 물 부족으로 시달리는 지역이 늘고 있다고 한다. 나는 일

기예보를 듣고 바깥 수도꼭지가 얼어붙을까 봐 계량기 통 안에 헌 옷을 가득 넣었다. 하지만 수온이 급격히 내려가는 바람에 계량기와 연결된 파이프가 얼어 터지고 말았다. 부랴부랴 상수도 관리소에 연락해 거의 반나절 가까이 수습 공사를 하고 나서야 화장실과 세면대를 쓸 수 있었고 밥을 지을 수도 있었다.

상하수도 시설이 잘된 도시에서는 필요할 때마다 꼭지만 틀면 쏟아지는 게 수돗물이다. 그리 편리한 수돗물이 메마른 가뭄에 단수가 되거나 폭우에 잠겨 마비 상태가 온다면 어찌 되는 걸까.

땅은 사람들이 살아갈 유일한 터전이요. 안식처다. 그러나 집을 짓고, 차로를 깔고, 농사를 짓고, 건물을 지을 수 있는 땅조차도 생명의 젖줄인 물이 없다면 무슨 수로 살아갈 수 있을까. 숨 쉬는 생명에게는 금을 한 바가지를 퍼 주는 것보다는 물 한 바가지가 더 소중하기 때문이다.

기후변화란 일부 환경사기꾼들이 꾸민 이야기라고 평가 절하하는 이도 있었다. 아니 그게 사실이라면 얼마나 좋은 일인가. 하지만 지나친 탄소배출로 생긴 온실효과는 해가 갈수록 기후변화를 심화시키는 게 현실이 된 셈이다. 높아져 가는 기온상승으로 북극 빙하는 2030년 이후에는 거의 소멸할 거라고도 한다. 만에 하나 그리된다면 바닷물 온도와 기후를 조절하는데 적지 않은 역할을 해왔다는 심해수는 어떤 변화를 겪게 되는 걸까. 그리고 얼음이 다 녹아 바닥을 드러난다면 얼음 속에 잠들었던 유해균들이 깨어나 인류에게 어떤 시련을 줄지도 모른다는 이들도 있었다. 하지만 그보다 더 큰 문제는 지구촌 얼음 90프로 이상을 가지고 있다는 남극 빙하다. 그 철옹성 같은 얼음 바다가 온난화로 인해 심상치 않게 녹이내리고 있는 모양이다.

만에 하나 남극 빙하가 다 녹아내린다면 오대양 수면은 57미터쯤 높아져 서울, 도쿄, 뉴욕 등 세계적인 해변 도시는 대부분 물에 잠기게 될 것이라고 하는 이도 있었다. 물론 지금으로서는 예측일 뿐이요. 가상시나리오에 불과하다. 하지만 기후변화는 사람들이 거스를 수 없는 상황으로 진행되는 것 같다.

물 부족으로 시달리던 사막의 나라 리비아 바르카 지역 같은 경우 다니엘 태풍으로 일 년 동안 내려야 할 강우량이 단 하루 만에 쏟아지는 바람에 두 개의 댐이 한꺼번에 터지고 말았다. 그 물이 해당 도시 전역을 휩쓰는 바람에 사망자는 만 팔천여 명이고, 실종자는 만여 명, 부상자는 칠천여 명, 그리고 이재민은 사만여 명이 넘는다고 한다. 이제 기후변화는 피할 수 없는 가장 큰 골칫거리가 된 듯하다.

예전에는 동전 한 푼 없어도 태어나서 죽을 때까지 깨끗하고 맑은 공기를 맘껏 흡입하며 살 수 있었다. 하지만 한반도의 경우 겨울부터 오월 초입까지는 툭하면 뿌연 미세먼지가 시야를 가린다. 그리고 산더미처럼 쏟아지는 쓰레기는 물론이요. 일회용 비닐이나 플라스틱 제품에서 발생하는 미세가루가 땅과 바다와 하늘까지 오염시키고 있다고 하니 놀랍기도 하고, 이러다가는 편히 숨 쉴 공간마저 점점 사라지는 건 아닌지 근심이 생기기도 한다.

온난화의 주범인 화석연료를 과감히 줄여야 하는데 여전히 사용량은 별다른 변화가 없는 모양이다. 그리고 사람 수보다 두 배도 넘을 거라고 예측되는 가축들의 분뇨와 하품, 방귀에서 발생하는 메탄가스도 증가 추세라고 한다. 오염물질을 과감하게 줄여야 하는데 뾰족한 대책이 보이질 않는다. 그 흔했던 제비들도 도시에서 자취를 감춘 지 오래요. 개구리도, 뱀도 사라져 가는 날들이다. 이대로 가다가는 몸집이 작아지고 개체 수가 줄어드는 참새들마저 그림책에서나 보게 될까 걱정이다.

예전에는 대전천 맑은 상류 옥계동 쪽으로 올라가면 잉어, 붕어, 피라미, 누치, 미꾸라지 등 열댓 종류가 넘는 다양한 물고기들이 여울을 타고 다니는 모습을 어렵지 않게 볼 수 있었다. 하지만 가면 갈수록 종도 개체 수도 현저히 줄어드는 추세다. 오늘 아침에는 천변을 산책하다가 밀잠자리 한 마리를 보았다. 반가운 마음으로 자세히 살펴보니 예전보다 몸집이 거의 반쯤은 줄어든 것 같았다.

어느 환경 전문가는 사람들에게 삶의 터전을 잃고 사라지는 종들이 무려 75프로나 된다고 한다. 벌 나비의 감소는 익히 들어온 터라 어쩔 수 없다고 해도 아프리카 대륙을 누비던 야생 동물들마저도 이제는 대도시 동물원에서나 볼 수 있는 종들이 늘고 있다고 한다.

지구촌 위기를 팽창시키는 오염물질을 획기적으로 줄여야 한다는 명분에 동의하지 않는 나라는 없을 것이다. 그래서 기후협약에 가입하며 2030년까지는 기온상승 온도를 1.5도 아래로 방어하려고 했던 게 아닌가. 따라서 기후협약에 가입한 나라들은 경쟁적으로 재생 에너지를 구하려고 태양광발전이다. 풍력발전이다. 전기차다, 여러 정책을 내놓으며 노력해온 것도 사실이다.

하지만 나라마다 처한 사정이 달라 에너지 정책도 들쑥날쑥하다. 그 때문인지 전체 에너지 소비량 가운데 재생 에너지 생산량은 3~4프로 밖에 되질 않는다고 한다. 그나마 우리나라의 경우는 10여 프로 정도라고 하니 전혀 가망이 없는 건 아닌 듯싶다. 그걸 바탕으로 보면 여전히 인류가 의지하고 있는 건 기후변화의 주범인 화석연료인 셈이다.

2024년 가을 대기 온실가스를 측정해보니 역대 최악이라고 한다. 이미 2030년까지는 마지노선처럼 지켜야 한다는 온도 상승률 1.5도는 넘어선 상태라고도 한다. 한반도의 경우 예전에는 열대야 현상이 일 년에 3~4일 정도였는데 점점 늘어 십여 일을 넘기더니 2024년에는 무려 한 달 넘게 지속한 곳도 있다고 한다. 누구나 기후변화가 단발성으로 그치기를 바라지만 2025년 한반도의 더위는 더 심해질 거라는 예보가 있다.

북극 빙하가 완전히 녹을 거라고 예상하는 2030년 이후부터는 한반도의 경우 고온다습한 열대야 현상이 100여 일 이상 지속할 수도 있다고 하니 생각만으로도 아찔하다. 그리고 바닷물 온도가 상승해 고온 다습한 기류를 타고 물 폭탄이 쏟아지거나 갈수록 물 부족으로 시달리는 나라가 늘어날 거라는 예측이 나오기도 한다.

거칠고 건조한 바람이 부는 날이 지속해 산불이 나면 미국, 호주, 캐나다 등에서 보듯이 숱한 장비와 사람들을 투입하고도 쉽사리 진압하질 못해 하늘에서 비가 오길 애타게 기다리는 걸 뉴스를 통해 보기도 한다. 우리나라도 마찬가지다. 이른 봄에는 그 같은 산불이 되풀이하면서 많은 면적의 나무가 소실되는 실정이다. 그러나 그 화마 못지않게 중요한 건 산불로 인해 발생하는 이산화탄소가 고스란히 하늘에 축적되어 악순환으로 돌아온다고 하니 걱정이다.

이제 태양계에서 유일하게 생명이 산다는 이 푸른 별은 끝없는 사람들 욕심으로 위기를 맞이하는 것 같다. 그뿐 아니다. 말기증상처럼 조금만 수(數)틀려도 참혹한 전쟁도 마다하질 않는다. 첨단무기들이 불기둥을 일으킬 때마다 허물어지는 건물잔해 속에서 어이없는 죽음을 부둥켜안고 창백히 우는 모습을 무기력하게 바라볼 뿐이다. 그리고 황금알을 낳는다는 인공지능도 마찬가지다. 지금도 인공지능이 사람보다 나은 면이 있는데 앞으로 그 우월한 능력이 미래사회를 장악한다면 그때도 사람들 뜻대로 고분고분 순종하게 될까. 아니면 양측 사이에 갈등이 생겨 싸움이라도 발생한다면 핵전쟁보다 위험하다는데 그 재앙을 무엇으로 막을 수 있을까. 2028년쯤에는 사람들이 인공지능을 언제까지 통제할 수 있을지 그 여부를 가릴 수 있다고 하니 지켜볼 일이다. 그러나 아무리 경제적 가치가 높은 게 인공지능일지라도 명암(明暗)은 뒤따르기 마련이라 역기능을 고민할 때가 아닌가.

기후 위기를 정상으로 되돌리는 건 이미 시기를 놓쳤다고도 한다. 하지만 속수무책으로 종말을 맞이할 수 없는 일, 지금이라도 어린 자식들을 생각해 똘똘 뭉쳐 위기를 벗어날 기회를 찾을 수 있다면 얼마나 좋을까.

지상전 27

태풍 사라

지상전 28

몇 날 며칠 폭우가 쏟아져도 둑의 보호를 받는 시내 사람들은 큰 걱정 없이 지낼 수 있을 것이다. 하지만 한강 안 모래섬에 움막 같은 판잣집을 짓고 사는 이들에게는 상황이 다를 수밖에 없었다.

요즘 섬사람들은 숨을 죽이며 라디오나 일간신문을 통해 얻은 기상 정보를 나누며 노심초사하고 있었다. 공동 우물가에 나온 아낙들은

"이번 태풍은 초대형이래요. 비를 엄청나게 품고 있다는데 어쩌면 좋을지 모르겠어요."

"나도 마찬가지예요. 언제 어느 때 갑자기 한강 물이 범람해 섬

을 덮칠지 몰라 밤잠을 설치곤 해요. 생각만으로도 무섭고 두려워
요.”

“너무 걱정들 하지 마세요. 이곳이 얼마나 큰 섬인지 알잖아요?
우리 집은 이곳으로 이사 온 지 육 년이 넘었어요. 해마다 찾아오
는 장마철과 크고 작은 태풍을 겪었지만 무탈하게 잘 지내왔어요.
이번에도 잘 넘어갈 거라고 믿어요.”

어느 한 젊은 아낙네는 불안한 얼굴을 감추지 못하는 이웃들을
진정시키려고 애쓰고 있었다.

태풍 사라는 필리핀해역에서 저기압으로 발원해 역대 최악의 수
준으로 몸집을 불리며 한반도로 오는 중이라고 하였다. 섬사람 대
부분은 그 태풍이 곧 남해안에 상륙할 거라는 걸 알고 있었다.

태풍은 예측대로 1959년 9월 12일 새벽 남해안을 강타해 큰 피
해를 주며 북상 중이었다. 라디오 속보는 태풍이 휩쓸고 간 곳은
나무가 뽑히고 전봇대가 쓰러지고 취약한 지붕들이 날아갔으며,
강풍과 함께 끊임없이 퍼붓는 폭우에 크고 작은 산사태가 나기도
하고, 많은 농경지가 물에 잠기거나 인명피해까지 발생 중이라고
하였다.

태풍 사라는 거의 5일 동안 한반도를 휩쓸며 북상하고 있었다.
하지만 한강을 끼고 있는 서울 하늘은 태풍 전야라 그런지 맑고

깨끗하였다. 그러나 그 고요는 오래가지 않았다. 갑자기 먹구름이 몰려들기 시작하더니 순식간에 몸을 가누기 어려울 만큼 거센 비바람이 몰아치기 시작하였다.

한강 모래섬 사람들은 태풍에 판잣집이 날아갈까, 강물이 범람할까 두려워 극도의 불안과 긴장감으로 밤을 지새우고 있었다. 그러나 그 초대형 태풍은 숱한 산과 들을 지나고 여러 도시를 거치는 동안 현저히 약화해 동해로 빠져나가는 중이라고 하였다. 서울은 다른 곳에 비하면 거의 피해 없이 넘어가는 것 같았다. 섬사람들은 천만다행이라며 가슴을 쓸어내렸다.

하지만 태풍 사라는 서울 지역에는 큰 피해 없이 순탄하게 넘어가는 듯하였다. 그러나 한강 모래섬 사람들에게는 생각지도 못한 문제가 발생하고 있었다. 비를 잔뜩 품은 태풍은 한강 상류 지역인 경기, 충청, 강원 일부 지역을 강타해 크고 작은 개천물이 넘치고 그 물이 강으로, 그 강물들이 한강으로 합류해 급격히 수위를 끌어올리고 있었다.

비바람이 잦아들자 아이들은 집 밖으로 튀어 나가 한강 물이 닿는 모래섬 발치로 달려갔다. 그리고 그곳에 작은 막대기를 여기저기 여러 개 꽂아 놓고 시시각각 불어나는 물 수위를 어른들에게 전하곤 하였다. 그러나 답답함을 풀 수 없는 어른들은 직접 물가에 나와 물이 불어나는 속도를 확인한 뒤 서둘러 세간을 정리해 섬을 빠져나가기도 하였다.

예상보다 물 수위가 빠르게 불어나자 갈 곳 없는 우리 식구들도 하는 수 없이 짐을 싸서 대기하고 있다가 저녁 물이 다 되어서야 집을 나섰다. 온 동네 사람들이 피난민 행렬처럼 섬을 떠나고 있었다. 우리 식구들도 그 행렬에 섞여 걷고 있었다. 그러나 집을 나선 지 얼마 되질 않아 사방은 어둑어둑해졌다. 길이 잘 보이지를 않자 저 멀리 어둠 속에서 빛나는 한강 인도교 가로등을 이정표 삼아 걸음을 재촉할 수밖에 없었다. 하지만 어느새 죽음의 그림자 같은 물길은 발목 위로 기어오르는가 싶더니 장딴지까지 차오르고 있었다. 그야말로 물과 사투를 벌이듯이 싸우다가 가까스로 검문소 다리 위로 오르는 길에 닿을 수 있었다.

어린 나는 한강 인도교 위에 올라와서야 공포에 질린 가슴을 쓸어내리며 두고 온 섬을 바라보았다. 섬은 호롱불 하나 밝히지 못한 채 캄캄한 어둠 속에 파묻혀 있었다. 다리 위에서는 공무원들로 보이는 이들이 핸드마이크로 섬에서 탈출한 사람들에게 임시 수용소가 있는 지금의 용산 초등학교로 가시라고 안내하고 있었다. 그리고 다리 난간 곳곳에도 길 약도가 붙어 있었다.

우리 식구들은 다른 이들처럼 책걸상이 치워진 교실 바닥에 짐을 내렸다. 그리고 축축하게 젖은 이불을 펴고 그 위에 웅크려 잠을 청하였다. 나도 식구들 곁에서 잠을 청하였으나 잠이 오질 않아 거의 뜬눈으로 밤을 새웠다.

이튿날 새벽 어슴푸레하게 밝아오는 여명 속에서 혼자 학교 정문을 빠져나와 한강 둑을 향해 내달리기 시작하였다. 거의 한 시간 가까이 숨을 헐떡거리며 달리는 내내 우리 집이 무사하기를 빌고 빌었다. 하지만 벌겋게 상기된 얼굴로 기차 철교가 있는 부근 둑 위로 올라서는 순간 둑이 터질 듯 소용돌이치며 흘러가는 흙탕물을 볼 수 있었다. 아이의 가슴은 덜컥 내려앉았으며 두 다리는 맥없이 풀려 있었다.

아이는 어찌할 바를 모르고 둑 위를 왔다 갔다 하는 중인데 갑자기 물 구경을 하던 사람들이 웅성거리며 긴 탄식을 터뜨리고 있었다. 몸을 돌려 사람들 손가락 끝을 바라보았다. 저 멀리 금방이라도 부서질 것 같은 판자 지붕 위에 아슬아슬하게 매달린 이들이 둑 위에서 발을 동동 구르는 이들에게 살려달라고 울부짖고 있었다. 그러나 그 누구도 나설 수 없는 상황이라서 그저 빤히 바라볼 뿐이었다.

태풍이 동해로 빠져나간 한강 가을 아침 하늘은 구름 한 점 없이 청명하였다. 하지만 이따금 떠내려가는 지붕 위에는 절박하게 매달린 이들이 철교 밑을 지나 마포 쪽으로 까마득히 멀어지다가 시야에서 사라지곤 하였다.

어느 서너 중년 사내들이 한강 둑 위로 올라오고 있었다. 그들은 둑 위에서 잠시 둘러서서 무언가를 의논하듯이 두런거렸다. 그리고 그들 중 누군가 어깨에 둘러메고 온 줄을 내려놓고 풀기 시작하였다. 밧줄 같았다. 제법 긴 줄을 다 풀고 나자 한 사내가 망설이지 않고 팬티만 남기고 옷을 훌훌 벗기 시작하였다. 그리고 줄 한쪽 끝을 제 허리에 단단히 묶은 후 그 반대쪽을 일행에게 맡긴 뒤 망설이지 않고 거친 흙탕물로 뛰어들었다.

아이는 그 아저씨가 만화 속 주인공처럼 정의의 사도요, 영웅이길 바랐다. 그러나 그 사내는 아이의 간곡한 마음과는 달리 거친 물살에 밀려 대각선으로 헤엄치고 있었다. 그리고 같이 온 일행은 그 줄 반대편을 단단히 움켜쥐고 비장한 얼굴로 지켜보고 있었다.

처음 아이는 지붕 위에 매달려 살려달라고 울부짖는 이들을 구하려고 온 사람들인 줄 알았다. 아니 설령 그처럼 간절한 마음으로 찾아온 이들이라고 한들 그 짧은 줄로는 어림도 없는 일이요, 그 수영 솜씨로는 불가능한 일이기도 하였다. 그들은 둑 가까이 떠내려오는 소나 돼지, 혹은 작은 가축들을 건지려고 온 이들이었다. 누구는 살려달라고 피를 토하듯 울부짖는데 누구는 허기진 배를 채우겠다고 목숨 걸고 소용돌이치는 흙탕물로 뛰어든 것이었다. 아이는 도무지 이해할 수 없는 이 혼란스러운 상황을 놓치지 않고 지켜보게 된 셈이었다.

아이는 거침없는 세월에 머리가 굵어지면서 그 춥고 배고팠던 지난 시절의 비극을 조금씩 이해하기 시작하였다. 돌아보면 지붕 위에 매달려 살려 달라고 울부짖던 이들이나 허기진 배를 채우려고 물에 뛰어든 이들이나 위험하고 고단하고 애달픈 건 다를 게 없다는 걸 알게 되었다.

누구나 살아 있는 동안에는 다른 이들 죽음 앞에서도 먹어야 하고, 땀 흘려 일해야 하고, 사랑하고 임신하고 출산도 해야 하고, 구슬픈 노래도 불러야 하고, 그림을 그리거나 책을 읽기도 해야 하는 거였다.

살다 보면 토할 것 같은 순간들을 만나기도 하고, 어쩔 수 없는 이별에 목 놓아 울기도 하고, 따듯한 눈빛 목소리에 가슴 설레기도 하고, 지나간 추억을 그리워하며 눈시울 붉히기도 한다. 이 같은 날들이 어우러져 한 많은 인생사가 이어지는 게 아닌가.

보글보글
육수 끓이는 엄마
탁 탁탁탁
채소 다듬는 아빠
졸졸 졸졸
소스 만드는 나와 동생
하하 호호
온 가족 모여 웃음꽃 피는 저녁

지상전 29

나라와 자유

지상전 30

　나라란 무엇이며 어떻게 자리를 잡는 걸까. 나라가 세워지기 위해서는 많은 이들이 모여 살 곳이 필요하다. 이를테면 먹고 사는 문제를 원만하게 해결할 수 있는 비옥한 토지나 물이 풍족한 곳이라면 좋을 것이다. 그러나 나라를 이룰 만큼 많은 이들이 모여 살자면 서로 좁히기 어려운 낯선 간격이나 이해타산으로 다투고 싸우고 갈등하는 숱한 문제들이 불거질 수밖에 없는 일이다.

　이 복잡하고 어려운 일들을 원만하게 해결하기 위해서는 누구나 다 같이 지켜야 할 규칙들이 필요해진다. 그 같은 규칙들을 만들기 위해서는 숱한 구성원들의 경험과 상식을 바탕으로 기본 틀을

만들고 깊은 사고(思考)를 지닌 현자들의 세밀하고 폭 너른 기술
(記述)을 통해 엮어진 게 법문(法文)이다. 하지만 그것만으로는
모든 문제가 해결되는 건 아니다. 그렇게 정해진 규칙들은 반드시
지켜져야 한다는 구성원들의 전폭적인 참여 인식과 습관, 의지도
중요하다.

나라란 돈과 권력을 가진 몇몇 세도가들이 쥐락펴락하는 소유물
이 아니다. 이곳에서는 이곳에 사는 내가 나라요. 처자식이 나라
요. 이웃들이 나라다. 따라서 구성원 모두가 나라의 주인이요, 주
권자요, 소유권자이기도 하다.

농경사회와 산업사회가 융합되면서부터 사람들 삶의 방식이 점
점 복잡해지고 다양하게 변화를 거듭해왔듯이 법문도 그 흐름에
맞춰 대응해온 셈이다. 그러나 법문만으로는 끊임없이 불거지는
분쟁과 범죄들을 말끔히 해소할 수는 없는 일이다. 법문 못지않게
중요한 건 개개인의 삶의 바탕에 깔린 양심이라는 죄의식이 절실
하게 필요하다. 많은 이들이 죄짓는 일을 두려워하지 않는다면 그
만큼 법의 효력은 떨어질 수밖에 없기 때문이다.

기다리던 사람들이 녹색등이 켜지면 조금도 의심 없는 얼굴로
교차로를 건너가는 걸 본다. 교통법규가 있기 때문이기도 하지만,
교차로를 건너가는 사람들은 차보다는 사람이 먼저라는 운전자들

의 일반적인 인식을 믿고 행동하는 건 아닐까. 서로 상대를 조금씩 이해하고 양보하는 일들이 일상화가 된다면 보다 나은 날들을 맞이할 수도 있을 것이다.

주권자들은 자신들의 인권과 자유로운 일상생활을 위해 초지일관 합리적으로 일해줄 대통령도 뽑고 국회의원도 뽑고 지방 자치제 요원들도 뽑는다. 그리고 그 선출된 이들이 공채를 통해 함께 일할 공무원들도 채용한다. 하지만 주권자들도 주권자다운 면모를 갖춰야 한다. 나라를 위해 일해 줄 사람을 뽑을 때 후보자의 자질과 능력을 꼼꼼히 살피고 따져 본 후에 신중하게 선택하지 않으면 후회를 남길 뿐이다.

흔히 선진국 후진국 차이를 따지는 잣대도 마찬가지다. 경제적인 요소도 중요하지만 옳고 그름을 분별하는 민도의 수준을 빼놓을 수는 없는 일이다. 교활하고 비열한 속임수들이 광기를 부리는 곳보다는 너그러운 생각들이 자유롭게 숨 쉬는 집단지성을 그리워하며 찾는 건 당연한 일 아닐까.

집을 지을 때 담을 쌓는 건 무단 침입하지 말라는 경고문 같은 것이다. 막대한 세금을 들인 국경선도 무도한 외부 침입을 막기 위한 거라면 목적은 다르지 않다. 그러나 그것만으로는 불안감을 해소할 수는 없는 일이라서 개인 간이든 나라 간이든 위험한 오해

가 쌓이지 않도록 자주 소통을 해야 하고 이해를 증가시켜 일상적
인 평화를 지켜야 한다. 그게 얼마나 어렵고 소중한가.

쉴 새 없이 발생하는 복잡한 이해관계 속에서 불거지는 숱한 문
제들을 적절하게 대응하며 질서를 지켜 온 것이 법문과 법철학이
다. 그 바탕에는 나라의 구성원 모두가 평등하다는 대의(大義)를
기반으로 진행되는 힘이 있기 때문이다. 이를테면 내 생명과 재산
자유로운 일상생활이 소중하다면 다른 이들의 생명과 재산 일상
도 똑같이 존중되어야 한다. 만에 하나 음주 운전이나 난폭 운전
을 하다가 다른 이에게 심각한 피해를 주었다면 그 경중을 따지고
판단하는 곳이 법원이기도 하다.

누군가 세상에서 가장 어려운 게 무엇이냐고 묻는 이가 있었다.
사는 게 아니냐고 나직이 말하고 나서 생각해 보았다. 하고 싶은
건 많은데 주어진 시간은 턱없이 부족해 빗나가는 게 많아 뜻대로
되는 게 없는 인생사라 그런 건 아닐까. 그렇다면 2-3백 년쯤 더
살게 한다면 뜻대로 되는 일이 그만큼 많아질까. 지금처럼 먹고사
는 게 어려워 아우성 그치지 않는 날들이라면 수명 연장은 어렵고
고통스러운 문제들을 증가시킬지도 모르는 일이다.

힘난한 세상을 살면서 어떻게 발바닥에 때 한 점 묻히지 않고
착하게만 살 수 있을까. 그러나 저마다는 그 치열한 경쟁으로 부
침(浮沈)하는 속에서도 나름대로 땀 흘려 일하고 영혼을 살찌우

는 예술을 확대해오며 살아온 게 아닌가. 뜬구름 잡는 이야기 같지만, 법의 종착지도 법 없이도 살 수 있는 그런 곳이 아닌가.

다른 이들에게 회복할 수 없는 중대한 범죄를 저질렀다면 지위 고하를 막론하고 엄격한 잣대로 다스려야 한다. 그리하지 않으면 무엇으로 법의 존엄성을 지키며 흉측한 범죄의 증가를 막을 수 있을까. 하지만 부득이하게 저지르는 생활 경범들은 재범이 아니라면 서로 화해를 시키거나 선처를 하는 것도 법의 덕목이 아닐까.

가면 갈수록 늘어나는 범죄 수가 갑자기 줄어들거나 사라진다면 모두 마음 놓고 사는 날이 올까. 만에 하나 그런 일이 현실로 이어진다면 할 일 없는 법관들이 턱을 괴고 조는 눈부신 풍경을 볼 수 있을지도 모른다. 그러나 몽환에서 깨어나기 무섭게 냉혹한 날들이 기다리고 있을 뿐이다.

현자들의 고뇌가 녹아든 법전일지라도 사람이 만든 것이라서 신성불가침한 영역은 아니다. 이를테면 입법 사법 행정을 분립시켜 놓은 것도 법이 완벽할 수 없어 서로 권리를 부당하게 침입하지 말라고 만든 견제장치가 아닌가. 따라서 법의 미흡함 때문에 피해가 발생한다면 민의의 전당인 입법부에서 그 부분을 보완하거나 새로 만드는 게 순서라고 믿는다.

법은 어느 편에 속해 있는 게 아니라 불거진 사건을 있는 그대로를 수사하고 심리하고 판결해 질서를 지키는 합리적인 제도요. 누구에게나 공평하게 적용되는 눈금이기도 하다. 따라서 외부충격에 의한 것이든, 법의 내부 갈등에 의한 것이든, 사익에 의한 것이든, 법에 균열이 생기기 시작한다면 그 피해는 나라의 구성원들에게 돌아갈 뿐이다. 법정은 처음부터 끝까지 공평함을 잣대로 숨을 쉬는 기관이다. 만에 하나 법이 왜곡되거나 질서가 무너져 무법천지가 된다면 그 위험한 혼돈 속에서 누가 발을 편히 뻗고 잠들 수가 있을까.

투표로 선출된 이들은 초심을 잃지 말고 주권자들을 위해 좋은 일자리를 늘려야 하고, 자유로운 일상생활을 위해 끊임없이 인권을 강화해야 한다. 그리고 세금이 허락하는 한 그늘진 곳에서 웅크려 사는 이들에게 따듯한 손길인 복지를 확대해야 하는 건 당연한 의무이기도 하다.

＊

나는 약 삼십여 년 전 대통령 선거가 한참일 때 대전 부사동에서 금산까지 가는 시외버스를 탄 적이 있었다. 그때 버스 천정에서 흘러나오는 방송을 무심히 듣게 되었는데 어느 선진국에서 있었던 작은 소동을 전하고 있었다. 그곳 총리가 아침에 차를 몰고 외통 길을 가는 중이었다. 앞에서 자전거를 탄 소년이 느릿느

릿 가는 바람에 출근에 차질이 생길 것 같아 창을 열고 신분을 밝힌 뒤 길 좀 양보해줄 수 없느냐고 물었다. 그러나 소년은 당신에게 길을 비켜줄 의무가 없다며 거절했다고 한다. 총리 쪽에서 보면 야속한 일이기도 하다. 그러나 총리는 아이가 누려야 할 권리를 침해하지 않고 다른 길로 돌아갔다는 이야기가 전부였다. 그냥 귓등으로 흘려보내면 그만인 그 작은 이야기가 왜 그리 오랫동안 기억에서 지워지지 않는 걸까.

*

이차 대전 때 서부전선에서 많은 전공을 세운 어느 유능한 장군이 겁에 질려 전투에 나가지를 못하고 웅크리고 앉아 떨고 있는 어느 말단 병에게 겁쟁이라고 화를 내며 정강이를 걷어찼는데 그같은 사실을 알게 된 본국 의회에서 그를 소환해 군복을 벗겨 예편시켰다는 이야기를 책으로도 영화로도 본 듯하다.

군인이란 무엇인가. 나라가 무도한 외부 세력으로부터 침략을 당했을 때 사랑하는 가족과 지인, 이웃들의 생명과 재산을 지키기 위해 목숨 걸고 싸워야 하는 이들이다. 그러나 애국심이란 무조건 강요되는 게 아니라 이해와 설득이 앞서야 하는 일이기도 하다. 아니 무조건 복종을 강요한다는 건 모두가 평등하다는 인권을 핵심가치로 품고 성장하는 민주주의와도 배치되는 일이기도 하다. 민주주의란 인권을 바탕으로 자유로운 일상생활을 꿈꾸는 생물이기도 하다. 그러나 가슴을 치며 맑게 살려고 애쓰는 이들보다는 돈과 권력만이 성공의 열쇠라고 믿고 사는 이들이 대세가 된다면 누가 누굴 탓할 수 있을까.

*

자유란 무엇인가. 순간의 전후가 다른 변화무쌍한 시간을 통해 구속과 해체를 반복하는 자연 질서에서 발생하는 산물이다. 이를테면 춥고 배고픈 이에게는 따듯한 외투와 음식물이 절실하다. 그걸 해결하지 못하는 동안에는 괴롭고 힘든 속박이지만, 따듯한 외투를 구하고 배불리 먹었다고 해도 또 다른 구속과 해체가 멈출 수 없는 욕망이 다가온다.

머릿속에 불을 켜놓고 삶을 도맡아 지휘하는 생각조차도 난폭하게 흘러가는 시간의 퍼즐 조각에 불과한지도 모른다. 따라서 모든 이들은 한순간도 피할 수 없는 시간의 요구에 따라 이곳에서 저곳으로 쉴 새 없이 이동하며 일해야 하고 이런저런 생각으로 하루를 보낼 수밖에 없는 일이다.

이처럼 자유와 구속이란 톱니바퀴 같은 굴레다. 따라서 일할 자유, 사랑할 자유, 출산할 자유, 선택할 자유, 거절할 자유, 결사의 자유, 표현의 자유 등 모든 자유의 본질은 자연 질서 속에서 이뤄지는 흐름이다. 그 같은 자연스러운 욕망을 무소불위한 힘으로 억압하려 한다면 그곳은 사람이 살기 어려운 동토(凍土)일 뿐이다.

영국 작가 윌리엄 골딩의 「파리대왕」을 보면 전쟁을 피해 안전한 곳으로 옮겨지던 아이들이 비행기 고장으로 무인도 해변에 불시착하게 된다. 살아남은 아이들은 당장 먹어야 하는 현실 앞에 놓인다. 그러자 지혜로운 아이 하나가 나서 그 절박한 문제들을 차분하게 해결해 나가기 시작한다. 그러자 다른 아이들은 그 아이를 믿고 따르기 시작한다. 그러나 그 같은 평화는 오래가지를 못한다. 그 과정을 지켜보던 힘센 아이 하나가 시기심을 참지 못하고 비열한 미신의 공포를 퍼뜨려 다른 아이들을 얼어붙게 만든다. 그리고 그 공포에서 헤어나오질 못하는 아이들을 제 편으로 끌어들여 빠르게 결집하기 시작한다. 그렇게 똘똘 뭉친 아이들의 권력은 광기를 부리며 지혜로운 아이 곁에 남은 다른 아이들을 공격해 죽이기 시작한다.

사람 사는 곳 어디를 가든 세를 과시하며 발 빠르게 움직이는 야만은 존재하기 마련이다. 그러나 그 야만을 누그러뜨리고 평정할 집단지성은 왜 그리 느리고 더디고 무기력한 것일까. 현실과 이상이란 결합할 수 없는 물체처럼 빗나가기 때문일까. 그보다는 나라를 이끌어 가는 건 집단지성이 아니라 군중의 상식이나 심리에 더 의존하고 있기 때문은 아닐까. 역사란 돌고 돌아 제 자라로 돌아간다는 이도 있었다. 하긴 자기 안에 갇혀 굳어버린 이들을 무슨 수로 변화시킬 수 있을까. 파리 대왕은 야만적인 아이들이 지혜로운 아이들을 얼마나 무참하게 파괴하는지를 생생히 보여주고 있었다.

어디선가 개개인은 자비로운데 군중은 잔인하다는 인도 시성(詩聖) 타고르의 속삭임이 들려오는 듯하다. 오늘 하루만이라도 충돌하고 빗나가면서도 동거할 수밖에 없는 모든 이들이 평화라는 깃발 아래 편히 쉬고 잠들었으면 좋겠다.

빗나가는 소리

지상전 31

차가운 겨울바람이
작은 창을 흔드는 저녁
아내는 따듯한 찻잔을 건네주며
병원이라도 다녀오라며 안색을 살핀다

해묵은 문갑 위 텔레비전에서는
어느 외국 영화가 방영되고 있었고
옆에는 군자란 화분에
아내의 지문 같은 낡은 손가방이
균형 잃은 물체처럼 기대고 있었다

일정하게 움직이는 시계 소리에
저녁 일곱 시 십사 분 전이라고 중얼거렸다
아내는 여덟 시 십사 분 전이라고 바로 잡는다
오늘도 소리와 소리는 빗나가는데
영화는 상류층의 권태와 외로움을 뒤쫓고 있었다

화려한 하룻밤 파티 비용이면
앙상한 아이들을 몇이나 먹일 수 있을까
차가운 달빛 아래 불안한 모자를 눌러 쓰고
삶의 조각을 밟는 이들 사이로 전화벨이 울린다
아래 골목에 사는 형이 겨울 대청호에서
끄리 몇 마리 잡아 와 매운탕을 끓였으니
술 한 잔 하잔다

더 잃을 게 없는 슬픔을 두고 나갔다
흐물흐물 돌아오니 아내는 잠들었고
남겨 둔 슬픔은 투명한 벌레처럼 머리를 흔들며
TV 안테나를 갉아먹은 후
군자란으로 옮겨가 붉은 꽃을 토하는 것 같았다

쉼표도 마침표도 없는
어느 젊은 날에 있었던 몽환 같은 이야기 하나
여기서 마칠까 한다

지상전 32

천변 산책길

지상전 33

예전에는 대전천 상류로 올라가면 발가벗고 물놀이를 하며 웃고 떠들며 노는 아이들을 심심치 않게 볼 수 있었었다. 맑고 깨끗한 물길을 타고 오르내리던 여러 종의 물고기들이 이제는 번식력이 좋은 피라미들 새끼들과 누치 몇 마리만 보일 뿐이다. 그뿐 아니다. 천변에 융단처럼 깔린 풀 속에는 여러 종의 생명이 어우러져 살고 있었다. 그러나 수십 년이 지난 지금은 오염물질 탓인지 기후변화 탓인지 예사롭지가 않다.

밤낮 가리지 않고 귀를 촉촉하게 물들이던 개구리들 합창 소리도 사라졌고, 천적인 뱀들도 사라졌고, 천변의 쥐를 노리던 매들

도 사라졌고, 그 흔한 실잠자리, 밀잠자리, 고추잠자리, 왕잠자리
도 사라지거나 개체 수가 줄고 몸집이 작아지고 있었다.

하지만 이 수상한 변화를 눈치채지 못한 사람들은 오늘도 이른
새벽부터 건강을 위해 천변 산책길을 걷는다. 앞서가던 한 영감은
천 건너 같은 방향으로 걷는 또래에게

"왜 혼자 나왔어?"

큰소리로 묻는다.

"마누라와 싸웠어."

"그럴수록 함께 나와야지."

상대방은 할 말 다 했는지 그냥 걷기만 한다.

소리가 끊기자 사방은 고요하다.

영감은 배드민턴 치는 곳에 이르자 근질근질한 입을 참을 수 없
었는지 운동을 끝낸 한 여성 노인에게 뭘 마시는 중이냐고 묻는
다. 서로 알고 지내는 사이 같았다.

"한 잔 줄까?"

"그거 좋지."

영감의 얼굴에는 화색이 돈다.

그녀는 종이컵에 생수를 따라 영감에게 주려고 다가온다. 영감
은 길가에서 물 잔을 기다린다. 그러나 물을 주려고 다가오던 여
성 노인은 길게 자란 풀을 넘어오기가 싫었는지 갑자기 야릇한 미

소를 지으며

"야, 이놈아. 처먹으려면 니가 와야 하는 게 아녀?"
욕지거리를 퍼붓는다.
"뭐, 처먹으라고? 너는 죽었어!"
풀을 밟고 넘어간 영감은 종이컵을 받아 벌컥벌컥 마신 후
"못생긴 게 따라 주는 물이라 그런지 더 맛있군."
히히거린다.

이 능청들 속에는 얼마나 쓰라린 응어리들이 맺혀 있는 걸까. 사는 게 어렵고 힘들다 보니 그리 허세라도 부려보는 건 아닐까. 영감의 그런 모습이 눈에 선한데 요즈음 통 보이질 않는다. 행여 병이 나서 병원에 입원했거나 자리보존을 한 건 아닐까.

오늘 아침 거울을 보니 핼쑥한 늙은이가 거울 밖 늙은이를 애달 픈 눈으로 바라보고 있었다. 하루 다르게 변해가는 얼굴이라서 어 느 게 내 얼굴인지 모르겠다. 하지만 저 애매한 얼굴마저도 어느 날 갑자기 천변 산책길에서 쏙 빠져나가듯이 자취를 감추게 될지 모를 일, 하루도 빠짐없이 가슴앓이하는 내 심사와는 아무런 관련 이 없다는 듯 여성 노인들 서넛이 한가롭게 천 둑 너머로 느릿느 릿 사라지고 있었다.

한 젊은 여성이 곁을 스쳐 지나간다. 그녀는 고등학교 교복을

입은 앳된 얼굴로 천변 산책길을 걷기 시작했는데 어느새 서른이 넘어 보이는 얼굴로 걷는다. 그녀가 결혼해서 아기를 낳았다면 한 번쯤 데리고 나올 만도 한데 늘 혼자서 걷는다. 말을 건네볼까. 기다렸다는 듯이 반색할까. 아니 마음의 창이 닫혀 있다면 무슨 소용인가.

하긴 혼자 나와 혼자 걷는 중인데 무슨 말이 필요할까. 말이 구차하게 느껴질 때도 있는 법이다. 오늘도 산책길을 걷는 이들은 막막한 삶의 바다 위에서 힘겨운 하루를 보내는 중이다.

그래도 그녀는 적막강산을 향해 저항이라도 하듯이 어느 날은 시원한 원피스 차림으로, 어느 날은 검푸른 선글라스를 끼고 나오기도 한다. 그녀의 모습 하나하나는 심심한 순간들과 치열하게 싸우는 눈빛 목소리요. 춤사위는 아니었을까. 그녀가 곁을 스쳐 갈 때마다 외로운 냄새가 물씬 난다. 그녀도 다른 이들 곁에서 그런 걸 느끼며 호흡하는 건 아닐까. 돌아보면 누구나 스쳐 가는 이들 사이사이를 떠돌며 만나고 헤어지는 중인지도 모른다.

오늘도 누군가는 작은 음악 기기를 들고 지나가고, 누군가는 개를 끌고 다가오고, 누군가는 자전거를 타고 지나가고, 누군가는 절룩절룩 다리를 절며 스쳐 간다. 천변 산책길에는 이 같은 모습들이 하나의 풍경처럼 어우러지다가 흩어지기를 반복한다.

어느 날부터인가 한 여인은 어두컴컴한 새벽부터 착 달라붙은 검은색 운동복을 입고 나타났다. 그리고 두 주먹을 불끈 쥐고 세상에서 가장 섬세한 적막강산을 쉴 새 없이 두들겨 깨우듯 짧은 기합 소리를 내며 앞을 치고 나간다. 그리고 자신의 운명 같은 누군가에게

"나를 떠나 사는 게 그리 좋더냐? 나는 지금도 네가 보고 싶어 가슴이 찢어질 것 같아."

울먹이듯이 달리다가 저 깊은 적막 속으로 파묻히듯이 멀어져 간다.

어느덧 그녀를 본지 반년이 넘은 듯싶다. 가까스로 정들어 살다 헤어진 이에 대한 사무친 그리움에 병이라도 난 건 아닐까. 어느 날 다시 나타나 자신의 한계를 깨뜨리듯이 쨍쨍한 기합 소리로 천변 산책길을 달려 주기를 기원한다.

불안한 상처들이 훈장처럼 빛나는 가슴과 가슴들, 한 번 스쳐 가면 다시 만나기 어려운 이들의 작은 등을 하염없이 바라본다. 내일 다시 이 천변 산책길에 나오면 그 작은 음악 기기를 든 이가

'그리움에 울다 지쳐 가슴이 빨갛게 멍이 들었다는'

이미자 선생의 동백 아가씨를 크게 틀고 지나갈까. 사람과 사람 사이에는 누군가를 무언가를 그리워하는 눈빛 목소리가 서려 있

기 마련이다. 그 끈 하나 부여잡고 사는 눈빛들, 그 애절한 동백
아가씨가 끊임없는 물결처럼 이어졌으면 좋겠다.

지상전 34

명당자리

지상전 35

한강 모래섬에 판잣집을 짓고 살던 이들이 태풍으로 강물이 범람하자 집을 잃고 갈 곳이 없는 형편이 되고 말았다. 그들을 위해 지금의 은평구 응암동 산비탈을 깎아 수재민 주택이라는 걸 지어 나누어 주었다. 이십여 평 남짓한 일자형 기와집이었는데 한 채에 두 가구가 입주해 살 수 있게 나누어져 있었다. 십여 평 남짓한 그 작은 공간에는 두 개의 작은 방과 재래식 긴 부엌이 달려 있었다. 그러나 말이 방과 부엌이지 블록 벽돌로 칸막이를 한 정도였다.

아버지는 며칠 동안 방과 부엌에 깊이 박힌 한 아름이 넘은 돌들을 캐낸 뒤 그곳을 평평하게 다졌다. 그리고 연탄불이 고루 들어갈 수 있도록 골을 파고 시멘트를 개어 잔돌을 쌓은 뒤 그 위에 구들장을 올려놓았다. 그리고 연탄가스가 새어 나오지 못하게 시멘트를 빈틈없이 두툼히 발라 방을 완성하였다. 그리고 좁고 기다란 재래식 부엌에다 연탄불이 방 구들로 들어갈 수 있도록 아궁이를 만들었다. 그 아궁이는 연탄불이 24시간 동안 쉴 새 없이 들어가 방을 따듯하게 만들기도 하지만 밥을 짓고 찬을 만드는 곳이기도 하였다. 하지만 급히 지은 집이라 그런지 엉성한 곳 한두 군데가 아니었다. 방에 누워서 바라보면 서까래에 판자를 듬성듬성 박아 그 위에 기와를 건성으로 올려놓아 비 오는 날에는 빗물이 안으로 줄줄 새기도 하였고 밤하늘의 별빛이 보이기도 하였다.

아버지와 형들은 기와지붕을 다시 놓을 정도로 일일이 손을 보았다. 그리고 좁은 부엌문을 열고 나가면 사람들이 다닐 수 있는 두어 뼘 남짓한 좁은 비탈길이 하나 있었다. 어른들도 다니기가 위험하고 불편한 길이었다. 아버지를 필두로 우리 형제들은 어린 조카들이 밖으로 나와 놀아도 될 만큼 작은 마당을 만들기 시작하였다. 아니 온 동네가 축대 쌓는 일에 매달리고 있었다. 경험이 많은 아버지는 집 앞 오륙 미터쯤에 바닥을 다진 후 산에서 돌을 가져와 축대를 쌓기 시작하였다. 형들과 나는 산에서 돌을 나르기도 하고 아버지의 일손을 도와드리기도 하였다.

하지만 집과 축대 사이를 메우려면 많은 흙이 필요했다. 다행히 불도저가 산비탈에 평탄 작업하면서 아래쪽 흙을 그대로 두었기 때문에 어느 집이든 뒤뜰에는 흙이 수북하게 쌓여 있었다. 그러나 그 작업은 쉬운 일이 아니었다. 우리 형제들은 거의 한 달 가까이 손바닥에 물집이 잡히도록 매달려 겨우 작은 마당을 만들 수 있었다. 하지만 장마철이 오면 어렵게 쌓은 축대가 자주 무너지는 바람에 여간 애를 먹는 게 아니었다.

어린 나는 조금이라도 축대에 도움이 될까 싶어 이른 봄 싹이 트지 않은 포플러 가지를 꺾어와 알맞게 잘라 마당 끝 곳곳에 깊이 꽂아 두었다. 그게 순탄하게 뿌리를 내리고 싹이 돋아 제법 굵어져 갔다. 아버지는 축대를 쌓은 후 고작 오륙 년쯤 그 집에서 사시다가 포플러 이파리들이 들어차기 시작하는 사월 하순 어느 날 갑자기 심장발작으로 세상을 떠났다. 삼일장을 지내고 장지로 가야 하는 날 아침 마당에 나가보니 변덕스러운 봄 날씨에 눈이 희끗희끗 내려 있었다.

우리 형제들은 쓸만한 포플러 가지를 하나를 톱으로 잘라 부고를 알리는 붉은 깃발을 달아 임대한 트럭 짐칸 앞 모서리에 단단히 묶었다. 그리고 아버지가 잠든 관을 모시고 응암동을 떠났다. 그날 정오쯤 되어서야 지금의 세종시 부강면 황우산에 도착할 수 있었다. 미리 나와 기다리던 친인척들은 힘겨운 산비탈을 마다하지 않고 관을 메고 산봉우리까지 올라갔다. 그곳에는 친인척 선대들 묘가 여러 군데 있었다. 세상을 먼저 떠난 어머니도 양지바른 곳을 차지하고 아버지를 기다리고 있었다. 부모님을 나란히 모셔 놓고 분봉을 마무리하였다.

오후 늦게까지 장지 일을 도와준 친인척들은 잠시 둘러앉아 이런저런 이야기를 나누다가 상을 당한 우리 형제들을 위로하듯 부모님이 묻힌 황우산 봉우리는 그 어디에도 빠지지 않는 명당자리라고 말해주었다. 하지만 나는 열일곱 남짓한 나이라서 그런지 그게 무슨 말인지 도무지 이해하질 못해 귓가로 흘려보냈다.

부모님 산소를 뒤에 두고 응암동으로 돌아왔다. 하지만 하루하루 사는 게 팍팍해 서른이 넘도록 부모 산소를 찾아가질 못했다. 그런 내가 스물여덟에 아내를 만나 수재민 주택 처마 끝에 이은 작은 곁 칸을 얻어 살림을 시작하였다. 그러나 가진 것도 직업도 없는 처지어서 모든 게 어렵기만 하였다.

나는 고생하는 아내와 어린 딸을 위해 조금이라도 연좌제 같은 가난을 개선해 보려고 사우디 건설현장 잡부로 날아가 그곳에서 일 년간 땀 흘려 일하고 돌아왔다. 내심 사우디를 다녀오면 게딱지만한 허름한 집이라도 장만할 줄 알았다. 그러나 돌아와 보니 일 년 사이에 집값 땅값은 천정부지로 올라 있었고 계속 오르는 중이었다.

그 적은 돈으로는 집은 고사하고 반듯한 곁방 한 칸도 구하기 빠듯하였다. 하는 수 없이 큰형이 사는 대전으로 무작정 내려가기로 마음먹었다. 그러나 아무런 계획도 없이 서울을 떠난다는 건 막막하고 불안한 일이었다. 하지만 갈 곳 없는 처지가 아닌가.

처음 정착한 곳은 지금의 대전 동구 구도동이었다. 병풍 같은 뒷산을 배경으로 두어 해 살다가 옆 비탈 동네 옥계동으로 이사해 거의 오십여 년 가까이 사는 중이다. 그동안 큰형님 댁에서 부모님 제사를 지낼 때도 산소에 벌초하러 갈 때도 빠짐없이 참여해온 셈이다.

당시 벌초를 하러 가려면 컴컴한 새벽부터 대전역에서 완행열차를 타고 조치원역에서 내려 부강까지 걸어갔었다. 미리 준비를 마치고 기다리는 친족들과 황우산 봉우리에서 시작해 해가 질 때까지 이십여 군데 산소를 찾아 무성한 풀을 낫으로 깎고 갈퀴로 긁어내는 고단한 일이었다.

그날은 벌초를 끝내고 종손 집에서 둘러앉아 저녁을 먹으며 이런저런 대화를 나누는 중에 그 명당자리 이야기가 다시 나왔다. 풍수지리에 해박하다는 어느 지관의 말에 의하면 금강물 유유히 휘어 도는 황우산 봉우리를 강 건너 저 멀리서 바라보면 물에 뜬 연꽃봉우리처럼 보여 길조가 가득한 명당자리라는 거였다.

예전에는 부모 산소를 파묘해 이장을 한다는 건 생각도 할 수 없는 일이었다. 하지만 세상은 하루 다르게 변해가고 있었다. 부부 맞벌이를 해도 사는 게 빠듯한 젊은이들은 벌초 참여가 어려워지고 있었다. 마침 종친회에서도 그 같은 사정을 알고 부강 주변에 있는 작은 터를 내주어 납골당을 지을 수 있었다. 납골당이 완성되자 황우산 봉우리에 있던 산소들을 파묘해 화장한 뒤 그곳으로 모시게 되었다.

돌아가신 조상들 산소 자리를 두고 명당자리다 아니다를 따지던 시절이 있었다. 예나 지금이나 부모들은 자식들을 먹이고 입히고 가르치느라 숱한 고생을 하다가 어느 날 갑자기 떠나기 마련이다. 그런 부모들을 양지바른 곳에 모셔놓고 편히 쉬시라는 마음으로 추모제를 지냈을 것이다. 하지만 속절없는 세월에 아무리 애를 써도 빗나가는 게 많아 뜻대로 되는 게 없는 날들 아닌가. 누구나 한 번쯤은 부모님 영전에 후손들 잘 되게 해달라고 기원하기도 했을 것이다. 명당자리라는 것도 다 사는 게 어렵고 고단하다 보니 생긴 일이 아닌가.

근심 걱정 없이 살 수 있었다면 산소를 두고 명당자리다 아니다를 따질 필요는 없었을 것이다. 이제 나도 살 만큼 살았으니 떠날 준비를 해야 하는데 어디로 가는 게 좋을까. 지관들이 말하는 명당자리? 추모공원? 우주 어딘가로? 그곳이 어디든 좋고 나쁠 게 무엇인가. 그러나 이왕이면 나를 아는 이들이나 사랑하는 가족들 추억의 일부로 남을 수 있다면 그곳이 명당 중 명당 아닌가. 하지만 그조차도 살아 있는 이들의 욕망일 뿐이다.

오는 이가 있으면 가는 이는 있기 마련, 회전목마처럼 돌고 도는 막막한 하루하루가 소중할 뿐이다.

지상전 35

프랑스 관망대

지상전 36

　붉은 벽돌로 지어진 그 작은 건축물은 베트남의 동맥 같은 19번 도로 주변에 있었다. 부대원들은 그 건물을 프랑스 관망대라고 불렀다. 그러나 왜 그리 부르는지 아는 이는 없었다. 다만 예전에 프랑스 군인들이 지어놓은 관망대라는 막연한 추측과 구전(口傳)이 있을 뿐이었다.

　훗날 세월이 흐른 뒤 자료를 찾아보고 나서야 베트남의 역사를 조금은 알게 되었다. 요약하면 약 400여 년 전 프랑스 신부가 종교 활동을 위해 베트남에 발을 들여놓은 게 두 나라 관계의 시작이었다. 프랑스는 1858년 청나라와 텐진 조약을 체결하고 나서 베트남의 여러 땅을 무력으로 점령하게 된다. 그리고 빼앗은 땅을 인도차이나라고 부르며 베트남을 지배하에 두었다. 그러나 경제적 수탈과 베트남의 전통적인 문화를 파괴하고 프랑스 문화를 강요하는 압정을 거듭하자 두 나라 관계는 극도로 악화해 다시 전쟁을 시작한다. 하지만 프랑스 해군은 남부 요충지역에서 베트남 군대를 패퇴시켜 승리를 거둔다. 이에 베트남 뜨득 황제는 1862년에 항복하고 불평등한 내용을 담은 사이공 조약을 체결한다.

그 후 1954년 디엔비엔푸 지역에서 베트남의 호치민 군과 프랑스 식민군 사이에 대격전이 벌어진다. 그 전투에서 프랑스 점령군이 대패하자 제네바 협정으로 베트남은 남북으로 갈라지게 된다. 패전한 프랑스군은 남베트남으로 집결한다. 하지만 베트콩과 호치민 군의 끊임 없는 협공으로 많은 타격을 받게 되자 본국으로 철수를 하게 된다. 하지만 그 기나긴 전쟁에서 승리한 통일 베트남은 프랑스 식민군에 대한 환멸 때문인지 사회주의를 선택한다.

그 관망대는 패전한 프랑스 식민군이 빠져나가자 오랜 세월 텅 빈 채 남아 있었다. 그러나 한국군이 주둔한 부대 주변에 있어 이따금 베트콩들이 지뢰를 매설하기 때문에 늘 경계 대상이기도 하였다.

나 병장은 위험한 작전지역을 누비다가 파월 만기 귀국 통보받았다. 대부분 귀국을 앞둔 병사들은 지긋지긋한 전쟁터에서 살아 돌아간다는 안도감에 밝은 얼굴이 되기 마련이었다. 하지만 그는 무슨 사연이라도 있는 듯 늘 수심에 찬 얼굴로 틈만 나면 노래를 불렀다. 그러나 나직이 부르는 노래는 한결같이 어둡고 슬픈 사연들로 채워진 것들이었다. 왜 이 살벌한 전쟁터에서 그리 슬픈 노래들만 불렀을까. 자신의 기호에 맞아 그런 걸까. 아니면 인간이란 아픔과 슬픔 없이는 한순간도 살 수 없다는 걸 꿰뚫고 있어서일까. 하지만 그 애달프고 구슬픈 가락들은 딱딱하고 씩씩한 군가와는 달리 포탄 터지는 소리와 총성으로 얼룩진 귓속과 가슴을 부드럽게 녹여주는 힘이 있는 것 같았다.

소대 선임하사는 일 년 내내 작전지를 누비다가 귀국을 앞둔 그를 위해 작은 배려를 하나 베풀었다. 답답한 지하 내무반에 남아 이런저런 일에 시달리는 것보다는 조금이라도 맘 편히 지낼 수 있는 프랑스 관망대로 나가는 경계근무 조에 편성해 주었다. 나도 그곳을 몇 차례 다녀온 적이 있었다. 이상하게도 철책으로 둘러쳐진 부대 밖으로 나가면 마치 고립된 곳에서 벗어나는 듯한 묘한 해방감을 느끼곤 하였다. 어찌 보면 인간이란 무엇보다 속박을 싫어하는 본성을 가진 것 같았다. 그 때문일까. 서로 그곳으로 가려고 자원하곤 하였다.

그날은 경계근무를 마치고 부대로 돌아와야 할 분대원들이 오

후 여섯 시가 넘었는데도 오질 않았다. 그들은 해가 지고 어둠이
짙어져서야 참혹하게 죽은 나 병장의 시신을 수습해 돌아왔다. 함
께 나갔던 동료들 말에 의하면 경계근무를 마치고 관망대가 있는
작은 동산에서 부대로 복귀하려고 나서는 중인데 맨 앞에 섰던 나
병장이 베트콩이 교묘하게 설치한 지뢰를 밟고 즉사했다는 거였
다. 이삼일만 버티면 살아서 귀국할 수 있었는데 싸늘한 몸으로
돌아오고 말았다. 하지만 숱한 세월에도 그의 슬픈 노래는 지금도
희미한 기억 속에 그림자처럼 남아 있다.

왜 귀한 사람 목숨을 그토록 참혹하게 앗아가는 잔인한 전쟁은
멈추지 않는 걸까. 땀 흘려 일하지 않고도 남의 것을 수탈할 수 있
다는 욕심 때문일까. 아니면 살아가는 게 어렵고 힘들다 보니 조
금만 수틀려도 잔인한 전쟁 마다하지 않는 것일까.

나 병장이 죽자 몇 일간 부대 안 분위기는 어수선하게 가라앉았
다. 그러나 그 뒤에도 피할 수 없는 숱한 죽음을 경험할 수밖에 없
었다. 차마 입으로 말할 수 없는 끔찍한 죽음들도 있었고 어이없
는 죽음들도 있었다. 그 죽음 하나하나는 안타깝고 서글프고 허망
한 일이었다. 하지만 프랑스군도 미군도 한국군도 같은 상황 속에
서 많은 죽음을 경험하고 돌아갔을 것이다. 그리고 그들도 전쟁이
터지면 늘 힘없는 이들만 참혹하게 희생될 뿐이라는 걸 알고 갔을
까. 그러나 그 숱한 죽음 하나하나는 피로 얼룩진 전쟁터의 한 장

면일 뿐이었다.

나는 월남에서 돌아와 만기 전역을 하였다. 하지만 그동안 온몸에 쌓인 피로감과 공포감 때문인지 거의 일 년이 넘도록 악몽에 허우적거리다 땀에 흠뻑 젖어 깨어나곤 하였다. 돌아보면 참혹한 죽음이 있는 전쟁터란 몇몇 용감한 자들의 어설픈 무용담으로는 도저히 포장될 수 없는 절박한 죽음들이 있는 곳이었다.

지상전 37

아버지의 비탈밭

지상전 38

　우리 식구들은 응암동 산비탈을 깎아 촘촘히 지은 수재민 촌에 입주하게 되었다. 하지만 이십여 평 남짓한 일자형 기와집에는 두 가구가 살 수 있도록 반으로 나눠진 구조였다. 산 아래 임시 마련해 준 천막촌에서 거주해온 우리 식구들은 그 작고 비좁은 공간으로 이주해 집 없이 살아온 걱정은 덜게 되었다.

　식구들은 그토록 원했던 집이 생기자 안정을 찾는가 싶었다. 하지만 하나가 들어오면 하나는 나간다고 하지 않았던가. 그 말은 뜻대로 되는 게 없는 날들을 말해주는 듯싶었다. 내 둘째 셋째 형은 시내 남영동과 을지로에 있는 작은 가구점에서 장롱을 만들고 칠을 입히는 일을 하였다. 그래도 그때는 쥐꼬리 같은 월급이지만 꼬박꼬박 받아와 근근이 살 수는 있었다.

하지만 3.15 부정선거로 4.19 혁명이 일어나자 야당으로 정권이 이양되는가 싶더니 5.16을 통해 군정이 시작되었다. 하루도 편한 날이 없는 불안한 격동기라 그런지 혼인을 미루는 이들이 많아 혼수품인 가구가 잘 팔리지 않아 직장을 잃고 말았다.

형들의 수입이 끊기자 식구들의 생활은 급격히 나빠지고 있었다. 하루 한두 끼 채우는 것도 어려운 일이었다. 나는 지금의 초등학교를 갓 졸업한 처지였지만 무슨 일이든 해서 조금이라도 집에 보탬이 되고 싶었다. 그러나 어른들도 일자리를 구하지 못하고 펑펑 노는 판국에 어린 게 할 수 있는 건 거의 없었다. 고작 동네 앞들에 나가 진종일 밭일을 도와주고 채소를 조금 얻어온다던가. 아니면 운 좋은 날에는 노끈공장에서 내주는 황설탕이 80킬로나 들어있던 커다란 빈 마대를 가져와 옆구리를 터서 집 외벽에 친 대못에 걸고 새벽부터 해 저물 때까지 한 올 한 올 뽑아 이어나갔다.

잠시도 쉬지 않고 이삼일 정도 매달리면 말린 국수나 우동가락 한 묶음은 살 수 있었다. 그러나 그것으로는 식구들 한두 끼 허기를 채우기도 빠듯하였다. 돌아보면 수재민들 대부분은 그 지독한 가난에 시달리고 있었다. 아버지는 배곯는 식구들을 위해 조금이라도 도움이 될까 해서 경사도가 낮은 뒷산에 작은 계단식 밭을 일구기 시작하였다. 나도 형들과 진종일 아버지를 도와드리곤 하였다. 하지만 산비탈을 개간한다는 건 쉬운 일이 아니었다.

비탈 한쪽을 어린아이 허리춤만큼 파서 흙을 평평하게 펴야 하는데 반대편에 그 높이의 축대를 쌓지 않고서는 밭의 모양을 만들 수 없었다. 하지만 그리 밭을 만들었다 해도 삽이 푹푹 들어갈 만큼 흙 속에 묻힌 크고 작은 돌들을 남김없이 골라내야 했다. 그러나 밑거름을 충분히 하지 않으면 되는 작물이 없었다. 아버지는 일군 밭 곁에 커다란 웅덩이를 하나 만들었다. 그리고 형들에게 남의 집 뒷간 인분을 퍼 오라고 지시하였다.

나도 예외는 아니었다. 하지만 어린 몸으로 남의 집 뒷간을 푼다는 건 괴로운 일이었다. 먼저 그 일을 하기 위해서는 동네 공동 우물에서 길어온 물을 굳은 인분 위에 충분히 부은 후 긴 각목으로 쉴 새 없이 저어 묽게 만들어야 똥바가지로 풀 수가 있었다. 그러나 인분을 저으면 저을수록 진동하는 냄새와 사람 뱃속에서 나온 기생충까지 섞여 있을 때는 속이 뒤집힐 지경이라 여러 번 뒷간 밖으로 튀어 나가기도 하였다. 그걸 쭈그러진 물통에 가득 퍼 담아 물지게로 짊어지고 그 웅덩이까지 날라야 했다. 하지만 가는 도중 양쪽에서 출렁거리는 똥물이 옷이 젖는 건 다반사요. 두어 번 나르고 나면 다리가 부들부들 풀리기도 하였다.

아버지는 그 웅덩이에 인분을 가득 썩혀 밑거름으로 쓰곤 하였
다. 그리고 여러 가지 씨를 뿌려 싹이 움트기 시작하면 다시 우리
형제들은 매일 컴컴한 새벽부터 두레박으로 우물을 길어 밭까지
날라야 했다. 아버지는 그 물을 큰 조루에 담아 밭이 축축해질 때
까지 고루 뿌려주곤 하였다.

그 같은 노고를 알기라도 하듯이 작물들은 하루 다르게 자랐다.
무는 아이들 장딴지처럼 굵어졌고, 배추는 탐스럽게 속이 가득 차
곤 하였다. 그 무렵 대전에서 살던 큰 누나가 식솔들과 함께 우리
집 부근에 방 한 칸을 얻어 무작정 상경을 하였다. 매형은 대전에
서 조그마한 목재상을 운영하였으나 마음이 여리고 순진한 성격
이라서 외상 거래에 돈이 돌지 않아 어려움을 겪다가 접었다고 하
였다. 생활이 궁핍해지자 산 입에 거미줄 치랴, 그런 심정으로 처
가 곁으로 온 모양이었다. 하지만 입 하나가 얼마나 무서웠던 시
절이던가.

이사 온 매형은 굶주림에 시달리는 처자식을 위해 무엇이든 닥
치는 대로 일을 해야 했었다. 그러나 도무지 일거리가 없는 시절
이었다. 기껏해야 구청에서 하루 이틀 시행하는 사방 공사가 전부
였다. 하지만 그마저도 몸이 쇠약한 매형으로서는 감당하기 어려
운 일이었다.

그는 내성적인 성격에 거의 말이 없는 조용한 사람이었다. 그러나 어느 날인가 처남들과 함께 둘러앉아 당시 시대 상황을 논하는 도중 다양한 견해를 펼치는 걸 보았다. 그의 차분하고 논리정연한 이야기를 듣는 동안 어린 마음으로도 대단한 분이라고 짐작하게 되었다.

그뿐 아니었다. 막힘없이 써 내려간 그의 글씨를 보면 한글이나 한자나 한결같이 선과 각이 빼어나게 아름답고 깔끔해 한동안 모사하려고 애쓴 적도 있었다. 제법 준수한 글씨체를 가진 큰형도 글씨란 마음의 거울 같은 거라며 매형의 글씨를 명필이라고 칭찬하기를 주저하지 않았다.

훗날 돌아보니 그의 글씨는 추사체와 닮은 듯하였다. 그러나 그는 배울 만큼 배우고 예민한 통찰력까지 지녔으나 불행하게도 몸이 쇠약한 데다 일할 곳이 없어 집에서 판판히 놀 수밖에 없었다. 따라서 생계는 생활력이 강한 큰누나가 맡게 되었다. 그러나 큰누나도 동네 노끈 공장에서 아침부터 해 저물 때까지 뽀얗게 마대 먼지를 뒤집어쓰고 물레를 돌리며 노끈 꼬는 일을 하는 게 전부였다. 하지만 이른 아침부터 컴컴한 저녁까지 쉴 새 없이 물레를 돌려도 그 박정한 품삯으로는 식솔들 입에 풀칠하기도 어려웠다. 그러나 우리 집 사정도 별반 다르지 않아 고작 아버지의 비탈밭에서 채소 몇 가지를 뽑아다 주는 게 전부였다.

하늘이 무너져도 솟아날 구멍은 있다고 하지 않았던가. 형들은 알고 지내던 윗집 아저씨의 권고대로 남대문 시장 도매상가에서 값싼 물건을 떼어다 행상을 시작하였다. 다행히 그 일을 하면서부터 조금씩 굶주림에서 벗어날 수 있었다. 그러자 형들은 매형을 찾아가 그 일을 해보라고 권했으나 적성에 맞지 않아 그런지 며칠 버티지를 못하였다.

그 시절에는 생활고를 견디지 못하고 한강 인도교 위에서 투신하는 이들이 끊이지 않자
「잠깐만 참으세요! 당신도 곧 행복해질 수 있습니다!」
그 같은 팻말이 다리 난간 곳곳에 붙어 있었던 팍팍한 시절이었다.

매형은 끊임없는 생활고와 자책감을 견디지 못하고 스스로 생을 정리하고 말았다. 그 같은 죽음을 비난하거나 딱하다고 혀를 차는 이들도 있었지만, 한계에 도달하면 그럴 수도 있는 일이었다.

불행은 그게 끝이 아니었다. 아버지는 매형이 떠난 허전한 빈자리를 지키는 누나가 가여웠는지 며칠 같이 지내고 계셨다. 그날은 자정이 넘은 시간이었다. 모두 깊이 잠들었는데 갑자기 밖에서 다급히 부엌문을 두들기는 소리에 깨어났다. 황급히 튀어 나간 형들

은 문밖에서 쓰러진 아버지를 방으로 모셨다. 아버지는 창백한 얼굴로 자신의 가슴을 주먹으로 칠 뿐이었다. 형들은 아버지의 상의를 풀어 젖혔다. 왼쪽 가슴이 퍼렇게 물들고 있었다. 그러자 형들은 빠르게 풀어지는 아버지를 끌어안고 나를 향해 의사를 모셔오라고 소리쳤다.

나는 정신없이 동네 비탈길을 내달렸다. 그리고 가쁜 숨을 몰아쉬며 아랫동네 의원의 문을 두들겨 잠든 의사를 깨웠다. 의사는 통행 금지 시간이라며 완강하게 거절하다가 통사정을 하는 어린 게 측은했는지 부랴부랴 왕진 가방을 챙겨 들고 나왔다. 그와 함께 비탈길을 빠르게 오르는 중인데 온 누리를 밝히는 보름 달빛은 왜 그리 환장하게 쏟아지는지 알 수가 없었다.

아버지는 병색이 완연한 노년에 이르러서야 한평생 화투판을 기웃거리며 낭비한 인생을 참회하듯이 비탈밭 채소들을 아낌없이 뽑아 이웃들에게 나눠주곤 하였다. 그러나 아버지는 약 한 점 변변히 먹어보지 못한 채 갑자기 심장발작으로 세상을 떠나고 말았다.

아버지가 그리 가신 지 얼마 지나지 않아 큰누나의 집주인이 집을 판다며 방을 빼달라고 하였다. 갈 곳 없는 누나와 어린 조카들을 위해 둘째 셋째 형과 나는 아버지가 일군 작은 비탈밭을 다지기 시작하였다. 그리고 몇 날 며칠 물에 갠 흙 위에 돌을 얹어 놓으며 어른 가슴 높이까지 사방을 두툼히 쌓아 올린 후 뒷산에서 나무를 잘라와 곳곳에 기둥을 세우고 그 위에 엉성한 루핑 지붕을 올렸다. 하지만 움막 안은 음습한 맨땅이었다. 습기를 막기 위해 산에서 긁어 온 낙엽을 수북이 깔고 그 위에 가마니를 터서 두어 겹 깔았다. 그리고 작은 연탄난로 하나를 설치할 수 있었다.

밤에 누워 천정을 바라보면 루핑에 잘 못 박은 못 구멍으로 별빛이 보이기도 하고 비 오는 날에는 빗물이 새는 바람에 그릇으로 받아내기도 하였다. 큰누나는 어린 자식들을 위해 시내 식당 주방에서 일을 시작하였고, 둘째 셋째 형은 목수 일과 미장 일을 배우며 공사장을 전전하고 있었다.

큰누나는 먹고 자는 식당 일을 그만두고 움막에서 어린 것들과 함께 지내며 별이 빛나는 컴컴한 새벽부터 용산에 있는 수산도매시장에 나가 생선 몇 가지를 큰 그릇에 받아 머리에 이고 진종일 이 집 저 집 돌아다니며 해 저물 때까지 팔러 다니곤 하였다.

돌아보면 우리 식구들은 형벌 같은 삶을 위해 몸부림치듯이 할 만큼 하며 살아온 셈이다. 이제 떠날 사람은 떠나고 뒤에 남은 큰누나는 전화통화도 어려운 사정이요. 셋째 형은 병고에 시달리면서도 여든 중반을 힘겹게 살고 있다. 그리고 나도 일흔여덟이라는 나이를 살고 있으니 언제 떠난들 무슨 미련이 남을까.

화투

지상전 39

설거지를 끝낸 아내
긴 겨울밤이 지루하다며
고스톱이나 치자고 한다
몇 판 돌아가자 달아오른 아내의 얼굴이
여느 때보다 어여쁘다

부채꼴로 펴든
화투 한 장 뽑아 힘차게 내리친다
화투는 물수제비 뜨기를 하며
물 위를 팽팽히 날아가는 납작한 돌처럼
허공을 한 바퀴 돌아 작은 요 위에

검붉은 설매로 피어난다

설매 알맹이를 송골매처럼 채가며
아내는 야릇한 미소를 짓는다
우리는 마흔여덟 화투장으로
바다보다 깊은 겨울밤 적막함을 깨우며
여울을 타고 오르는 중인데
저 푸른 팔광 달빛은
왜 그리 환장하게 쏟아지는 걸까

안개 속 징검다리를 건너가는 슬픔
이슬처럼 내리는 길가에 이불을 펴고
하루를 마감하듯 불을 끈다

지상전 40

욕망

지상전 41

끊임없이 페달을 밟아야 쓰러지지 않는 자전거처럼 사람들 삶의 궤도도 다를 게 없는 것 같다.

산다는 건 부모들이 그랬듯이 하루하루 땀 흘려 일하며 사랑하고 임신하고 출산해온 과정을 다시 잇는 일이다. 그러나 후대를 잇기 위해서는 자신을 견고하게 둘러싼 껍질과 치열하게 싸워 깨뜨린 후에야 밖으로 나갈 수 있는 알 속의 생명처럼 (헤르만 헤세의 소설 「데미안」에서 나오는 이야기 일부를 발췌한 것.) 자궁에 잉태한 아기도 마찬가지다. 부모의 생명을 깨뜨려야 한다는 조건으로 출생하기 때문이다. 회전목마를 타고 오는 이가 있으면 가는 이가 있는 것처럼, 만에 하나 이 균형이 깨어진다면 생명은 동력을 잃고 연기처럼 사라질지도 모른다. 삶과 죽음이란 끝나는 순간까지 맞물려 돌아가는 톱니바퀴 같은 게 아닌가.

자궁에 맺혔던 핏덩이가 세상 밖으로 나와 비명처럼 우는 건 산고에 시달린 탓도 있겠지만 자궁 밖에 거칠게 흐르는 시간의 파도에 놀라 그리 울기 시작하는 게 아닐까. 어머니는 그런 아기를 따듯한 가슴에 품고 젖을 물리며 진정시키려고 애를 쓴다.

아기들은 부모의 극진한 보살핌 속에서 무럭무럭 자라 유년기를 보내고 소년기를 지나 사춘기를 맞이하게 된다. 그 시기에는 축복 같은 성호로몬이 온몸에 들꽃처럼 피어나기 시작한다. 그 강렬한 유혹이 왕성해지는 청년기에 이르면 많은 젊은 이들이 후대를 잇기 위해 상대를 찾기 마련이다. 그쯤을 혼인 시기라고 할 수 있을 것이다.

하지만 저마다는 사물을 보는 눈이 다르고, 느끼는 감각이 다르고, 살아온 경험이 다르고, 생각이 다르고, 모습이 달라 같은 건 한 가지도 없는 셈이다. 누구나 서로 다른 낯선 사이에서 상대와 소통하려고 애를 쓰며 살기 마련이다. 하지만 물 흐르듯이 소통한다는 게 얼마나 어렵고 까다로운 일인가. 그러나 우리는 누가 곁에 없으면 한 시도 살 수 없는 허전한 존재요, 한 번밖에 살 수 없는 생명이요, 하나밖에 없는 개성이기도 하다. 따라서 저마다는 다른 낯선 이들 사이에서 땀 흘려 일해 일용할 양식을 구하기도 하고, 때로는 자유로운 바람처럼 오해의 강을 넘나들기를 소원하기도 한다.

하지만 오해란 아무리 애를 써도 쉽사리 빗장이 풀리지를 않는다. 그 때문에 가장 가까운 부모 자식 사이에도, 부부 사이에도, 형제자매 사이에도 크고 작은 다툼과 갈등은 있기 마련이다.

서로 상대를 헤아리려면 소통은 필수, 조금씩 양보하고 물러나기를 끊임없이 하지 않으면 오해는 풍선처럼 부풀어 깊어만 간다. 돌아보면 모든 건 다 자신의 욕망을 해결하기 위한 것이지만, 한계를 품고 사는 인생사라서 티격태격거리며 사는지도 모른다.

부부는 그 속에서 후대를 잇는다. 그러나 가정을 이루고 살자면 그 비용은 필수 조건이라서 청구서를 내밀며 따라온다. 그 복잡한 일을 해결하려면 그만큼 돈을 벌어야 한다. 하지만 피처럼 소중한 돈일지라도 모든 문제를 해결하는 마법의 열쇠는 아니다. 돈으로는 불편한 삶의 외투를 구할 수는 있을지는 몰라도 가슴 시리게 외롭고 허전한 인생사를 채울 수는 없기 때문이다.

세 끼 먹다 가면 그만인 세상에 나 하나 잘 되면 그만이라는 욕

심은 다른 이들을 아프게 할 뿐이다. 누군가는 사람을 삼키는 파
도가 되기도 하고 누군가는 사람을 살리는 손길이 되기도 한다.

　나는 오늘도 차가운 손익계산서로 부침(浮沈)을 거듭하는 상혼
(商魂)의 거리에서 작은 그림자를 이끌고 스쳐 멀어지는 이들 작
은 등을 하염없이 바라본다.

지상전 42

운명

지상전 43

우리 육 남매는 어둡고 음습한 흙벽 초가 단칸방에서 살고 있었다. 그 좁은 곳에서 함께 지낼 수 없었던 아버지는 일 년 내내 남의 사랑방을 떠돌았다. 어린 나는 혹독한 추위에도 외투는커녕 누더기 같은 남루한 옷을 입고 새벽부터 얼어붙는 두 손에 호호 입김을 불며 동동걸음으로 사랑방을 찾아다녔다.

담배 연기 가득한 사랑방은 충혈된 눈으로 밤을 새우는 노름꾼들의 별천지였다. 판돈은커녕 땡전 한 푼 없는 아버지는 텁수룩한 수염에 꾀죄죄한 몰골로 노름꾼들 뒤에 앉아 판세를 구경하고 있었다. 어린 나는 그런 아버지를 향해 코 훌쩍거리며 기어드는 목

소리로

"아부지, 아침진지 잡으시래유."

그리 전할 때마다 부끄럽고 창피했었다.

훗날 큰누나는 아버지가 화투판을 들락거린 게 어제오늘 일이
아니라고 하였다. 그리고 틈만 나면 도박판을 찾는 아버지 때문에
식구들은 하루도 편한 날이 없었다고 하였다.

**

아버지와 어머니는 일본 오사카 변두리에 작은 집성촌을 이룬
교포들과 함께 살며 오 남매를 낳았다고 하였다. 중학교에 다니
는 큰형에 비해 큰누나는 여자라서 겨우 국민학교를 다니다 말았
다며 탄식을 하였다. 그리고 방직공장에 다니는 어머니 대신 어린
자신이 집안 살림을 맡아 하였고, 심지어는 둘째 셋째 형을 업어
키우느라고 뼈 빠지게 고생했다며 눈물을 글썽거렸다.

큰누나의 말을 조금 더 옮기면 아버지는 그곳에서 소작료를 주
고 빌린 땅에 해마다 고구마, 감자, 채소 등을 심어 시장에 내다
팔았는데 식량이 귀한 전쟁 말기라 그런지 없어 못 팔 정도라고
하였다. 그리고 재수 좋은 날에는 폐업한 공장에서 나오는 기계
덩어리나 부품들과 바꿔 고물상에 팔아 쏠쏠한 재미를 보는 날도

있었으나 주머니가 두둑해지면 낯선 이국땅에서도 어김없이 도박
판에서 날려버렸다고 한다. 그런 가장 아래 사는 어머니는 얼마나
불안하고 속이 상했겠냐며 원망하듯 말하기도 하였다.

당시 큰형은 학교에 가면 힘센 몇몇 또래들에게 조선인들 입에
서는 구린 마늘 냄새가 난다며 노골적으로 따돌림을 당한 모양이
었다. 그리고 수업 도중에도 뒤에 앉은 놈이 나무 게다짝으로 뒤
통수를 자주 후려 패는 바람에 피가 맺히는 날도 있었다고 하였
다. 형은 점점 괴롭힘이 심해지자 더는 참지를 못하고 어느 날 이
른 새벽에 몽둥이를 움켜쥐고 교실 안으로 들어가 문 뒤에서 기다
렸다가 괴롭힌 놈들만 골라 두들겨 팼다고 하였다.

그 소동으로 발칵 뒤집힌 학교에 불려간 아버지는 철없는 어린
게 한 짓이니 용서해달라고 사정했으나 시골 외지 학교로 전학 갈
수밖에 없었다고 하였다. 굽힐 줄 모르는 형의 성격으로는 그러고
도 남을 것 같았다. 아니 다급한 쥐는 고양이를 문다고 하지 않았
던가. 그들이 얼마나 무섭고 두려웠으면 그리했을까.

어머니는 투전판이나 들락거리는 사내에게서 아무런 희망을 품
을 수 없게 되자 아버지 모르게 매달 받는 급료를 제 살 쓰듯 아껴
거의 십여 년이 넘게 은밀히 비자금을 모았다고 한다. 일본이 패
전하고 조국이 해방되자 아버지는 서둘러 짐을 꾸려 식솔들을 데

리고 부산항을 거쳐 자신이 태어나고 자란 고향으로 돌아왔다고
한다.

그러나 막상 고향에 돌아오니 등 붙이고 살 집이 없자 어머니는
남몰래 움켜쥐었던 비자금을 내놓아 제법 널찍한 마당을 가진 초
가 한 채를 사들였다고 하였다. 그러나 집을 장만한 기쁨도 잠시,
돈 냄새를 맡고 찾아오는 노름꾼들의 유혹에, 아니 오히려 아버지
가 더 적극적으로 그들과 밤을 새워가며 어머니의 남은 비자금까
지도 날려버렸다고 한다.

큰 누나는 어머니가 얼마나 속상했으면 너를 낳고 일 년을 넘기
지 못하고 속병으로 세상을 떠났겠냐며 지친 얼굴로 중얼거리듯
이 말하기도 하였다. 그러나 아버지는 가엾은 어머니의 죽음 앞에
서도 정신 차리지 못하고 어린 자식들이 사는 집문서마저 화투판
에 바쳤다고 하니 기막힐 뿐이었다.

아기인 내가 세 살이 될 무렵 6.25가 터졌다고 한다. 큰형은 곧
바로 징집되어 약식 훈련을 받고 낙동강 전투에 투입되었는데 피
아간의 전투가 얼마나 치열했는지 팔에 관통상을 입고서도 잠시
몰랐었다고 하였다. 야전병원에 실려가 응급조치를 받은 후 통합
병원에 옮겨져 치료를 받은 후 상이군인으로 제대를 하였다.

그 후 나는 그 열악함 속에서도 지금의 초등학교에 입학하게 되었다. 그리고 그 무렵부터는 조금씩 주변 상황을 인식하기 시작하였다. 당시 십육 칠 세밖에 되지 않았던 둘째 셋째 형은 학교 대신 별이 빛나는 캄캄한 새벽부터 자그마한 지게를 지고 수십 리 길마다 않고 나무를 하러 다녔다. 이 산 저 산을 옮겨 다니며 갈퀴로 낙엽을 긁어 오기도 하고, 낫으로 잡목 가지나 생솔가지를 쳐오기도 하였다.

나는 어둑어둑해지는 저녁이 되어서야 돌아오는 형들을 종종 마을 어귀까지 마중을 나가곤 하였다. 봄이 오면 정이 많은 둘째 형은 기다리는 어린 동생을 위해 진달래꽃을 한 다발 꺾어 건네주기도 하였다. 그때마다 입술이 물들도록 꽃을 따 먹었던 기억이 흐릿하게 남아 있다.

큰형은 부상 후유증이 말끔히 가시지 않은 몸이었으나 굶주리는 식구들을 위해 아버지와 함께 봄부터 가을 추수기까지 남의 논에서 고된 품팔이를 하였다. 그리고 가을 추수기가 오면 다음 농번기 때 일손으로 갚기로 하고 약속어음인 고지를 써주고 필요한 식량을 가져오곤 하였다. 그러나 턱없이 부족한 식량은 초겨울도 버티지 못하고 대부분 바닥이 나곤 하였다.

아버지는 그 같은 가난을 조금이라도 개선해 보겠다고 소작료를 주기로 하고 앞들을 가로지른 미호천 둑 부근 모래밭을 빌려 수박과 참외 농사를 짓기 시작하였다. 지금도 아버지의 구슬땀 속에서 한 아름씩 자라던 수박과 달콤하게 익은 참외 맛, 원두막은 잊을 수가 없다. 그러나 소작료를 내고 나면 남는 건 빈손이었다.

영양실조로 누렇게 뜬 어린 나는 사나운 한겨울 추위에도 누더기 같은 옷에 흙이 들어올 정도로 바닥이 다 닳은 검정 고무신을 양말도 없이 끌고 다니곤 하였었다. 그리고 도저히 허기를 참을 수 없을 때는 다른 아이들과 함께 큰 신작로 가에 있는 영단 방앗간을 찾아가곤 하였다. 그곳에는 가마니마다 갓 찧은 하얀 쌀이 눈부시게 가득 채워져 있었다. 그곳에서 일하는 어른들이 눈감아주는 틈을 놓치지 않고 때 묻은 작은 손으로 재빨리 몇 줌의 쌀을 주머니에 집어넣고 세상에서 가장 맛난 음식처럼 오독 오도독 씹어 먹으며 마을을 돌아다니곤 하였었다.

큰형은 그 같은 식구들을 위해 일거리가 없는 계절에는 서울의 한 도매약국에서 간단한 연고나 상비약을 받아 시골 오지 마을 곳곳을 돌아다니며 팔기도 하고, 조금씩 내주는 곡식과 교환해 오기도 하였다. 하지만 그 같은 노력에도 좀처럼 열악한 사정은 나아질 기미가 없었다. 큰형은 그 같은 궁핍 속에서도 형수를 만났고 머리 굵은 큰누나와 둘째 셋째 형은 입 하나 덜겠다며 일찌감치 도회지로 떠났다. 흙벽 초가 곁방에 남은 건 어린 나와 작은 누나

둘 뿐이었다.

아버지는 집에 남은 어린 남매를 위해 천안에서 산다는 이모의 소개로 계모를 맞이하였는데 도무지 이해할 수 없는 고약한 성질에 고집불통이었다. 그녀는 퀭하게 마른 12세 어린 누나가 부엌 일을 도맡아 해주는 게 가엾지도 않았는지 툭 하면 손찌검을 하였다.

그날도 작은 누나는 연기 가득한 아궁이에 생솔가지를 때느라 연신 손등으로 눈물을 훔치는 중이었다. 옆에서 지켜보던 계모는 무엇이 그리 못마땅한지 느닷없이 소리를 지르며 어린 누나의 머리채를 움켜쥐고 사정없이 두들겨 패기 시작하였다. 영양 결핍으로 누렇게 뜬 얼굴에는 코피가 터지고 멍이 들곤 하였다.

어린 나에게는 계모의 행동 하나하나가 공포의 대상이었다. 그녀는 내복 접이 선에 알을 낳는 이를 잡을 때도 남달랐다. 다른 이들은 두 엄지손톱으로 일일이 터트려 잡는데 그녀는 앞 이로 씹으며 훑어 나갔다. 그리고 무슨 까닭인지 나에게는 음식을 담아 먹는 뚝배기에 오줌을 누게 하였다. 그때마다 창피하고 더럽다는 생각에 전신에 소름이 돋곤 하였지만 시키는 대로 할 수밖에 없었다. 그녀는 아무렇지도 않다는 듯 오줌을 받았던 그릇을 설거지물에 건성으로 행군 뒤 다시 음식을 담아주곤 하였다.

그뿐 아니었다. 계모는 조금만 눈에 거슬려도 참지를 못하고 성을 발끈 내곤 하였다. 그때마다 질린 얼굴로 문을 박차고 뛰쳐나가 달아나기 시작하였다. 그러나 봄이 오면 하얀 찔레꽃 흐드러지던 교장 선생님 집 앞에 있는 공동 빨래터를 넘어가질 못하고 번번이 등덜미를 잡히곤 하였다. 빨래하던 아낙들은 질질 끌려가며 우는 아이를 향해 불쌍하다고 혀를 차고 수군거렸으나 그게 전부였다.

큰형과 아버지는 그런 계모를 몇 날 며칠 달래고 설득해 가까스로 내보냈다. 돌아보면 누구나 자신의 운명 속에서 살기 마련이다. 어머니도, 아버지도, 계모도, 큰형도, 큰 누나와 어린 작은 누나도, 나도 그렇다.

훗날 큰형은 머리 굵은 나에게 비록 계모가 무식하고 표독하긴 하였지만 어린 너에게만큼은 친자식처럼 잘 보살펴 주지 않았느냐고 물었다. 나는 전후 사정을 모르는 말씀이라고 되받으려다 삼켜버렸다.

70여 년이 다 되어가는 그때를 뒤돌아보면 그 무지몽매한 계모도 자신에게 주어진 하층민의 자식이라는 운명 속에서 한치도 벗어나질 못하고 가엾게 살고 있을 뿐이었다. 그녀는 나름대로 주어진 지독한 삶의 굴레와 맞서 싸우며 살아온 셈이었다.

예나 지금이나 사람을 가장 비참하게 만드는 건 굶주림이었다. 계모가 나간 지 얼마 지나지 않아 어린 작은 누나는 한여름 이웃 잔칫집에서 가져온 상한 돼지비계 몇 점 허겁지겁 삼키다 체해 시름시름 앓아 누웠다. 그리고 이듬해 화사한 봄에 죽었는데 지금도 앙상한 두 손으로 허공을 저으며 살려달라고 눈물을 흘리던 작은 누나의 모습이 가슴에서 떠나지를 않는다.

**

조선 초기 청빈 영의정으로 잘 알려진 선대를 가진 할아버지는 놀락한 양반가의 까마득한 후대요. 글깨나 읽었다는 서생이라고 들었다. 그런 분이 무슨 까닭으로 동학에 가담한 것일까. 양반 치하에 잡초처럼 밟히며 사는 하층민에 대한 연민과 분노 때문이었을까. 아니면 일본 제국의 침탈에 맞서 싸우려는 순수한 애국심 때문이었을까. 숨 가쁜 격동기를 살았던 할아버지의 동학 참여는 일경(日警)을 피해 도망 다니다 객사했다는 슬픔을 남겼을 뿐이었다.

그때 할아버지가 동학 대신 굶주리는 식구들을 위해 팔 걷어붙이고 닥치는 대로 일을 하거나 자식들에게 글을 가르쳐 책을 읽을 수 있게 했었다면 적어도 내 아버지는 일자무식으로 인생을 낭비하지 않았을지도 모른다. 하지만 도망 다니는 할아버지의 고달픈 하루하루는 얼마나 불안하고 초조하고 외로웠을까.

나이 많은 사촌 형의 말에 의하면 할아버지는 도망 다니는 속에서도 틈틈이 한시(漢詩)를 써서 궤짝 가득히 담아 분신처럼 짊어지고 다녔다고 하였다. 어느 날 할아버지가 자신을 찾아와 시 궤짝을 맡기면서 훗날 직계인 우리 집에 돌려주라고 부탁했다고 한다. 그러나 할아버지의 유산을 지킬 수 있는 이는 한자를 제법 아는 큰형뿐이었다. 그러나 그도 하루하루 사는 게 전쟁 같아 그 시들을 읽을 틈도, 설령 시간을 내서 읽었다 해도 난해한 시문(詩文)이라면 접근이 어려워 피했을지도 모른다. 만에 하나 할아버지의 시들이 고스란히 남아 있었다면 그 시대 상황을 세세히 알 수도 있었을지도 모른다. 그러나 할아버지의 시들은 어두컴컴한 방 한구석에 유폐되었다가 어린 손자들 뒷간 처리용으로, 딱지용으로, 종이비행기용으로 흔적도 없이 해체되어 사라지고 말았다.

아버지는 병색이 완연한 노년이 되어서야 노름판에 바친 인생사를 속죄라도 하듯이 내가 죽으면 제사상에 냉수 한 그릇과 화투 한 묶음만 놔 달라는 짤막한 말을 남겼을 뿐이다. 하지만 그 말은 도박이라도 하지 않았다면 무슨 힘으로 이 거칠고 험한 세상을 참고 견딜 수 있었겠냐며 그리 말하는 것처럼 들리기도 하였다. 그러나 아버지는 자신의 운명 속에서 한 치도 벗어나지 못하고 살다가 갑자기 심장발작으로 세상을 떠나고 말았다.

누구나 답 없는 미로에서 미로를 가는 중이요. 주어진 인생사와 다투고 싸우고 갈등하며 살다가 어느 날 갑자기 떠나기 마련이다. 형들과 누나도 나도 마찬가지다. 숨 가쁜 인생사를 부둥켜안고 아등바등 몸부림치다가 세상을 떠났거나 병마와 싸우는 중이다.

알고서는 다시 갈 수 없는 그 쓰라린 하루하루를 토대로 지금의 내가 있는 것이다. 돌아보면 나에게 가장 큰 스승은 어이없게도 그 지독하게 궁핍했던 날들이었고 틈틈이 읽어온 책들이 함께 어우러져 버팀목이 된 것 같았다.

이제 나의 후대들은 백 년이 넘은 기나긴 우수의 계절 끝에 오늘을 맞이하고 있으니 무엇을 하든 자유롭게 도전했으면 좋겠고, 꼿꼿하게 살아주길 바랄 뿐이다.

티켓 없는 여행

ⓒ황성주, 2025

초판 1쇄 | 2025년 10월 1일

지 은 이 | 황성주
펴 낸 곳 | 시와정신사
주   소 | (34445) 대전광역시 대덕구 대전로1019번길 28-7
            시와정신아카데미
전   화 | (042) 320-7845
전   송 | 0507-075-2874
홈페이지 | www.siwajeongsin.com
전자우편 | siwajeongsin@hanmail.net
공 급 처 | (주)북센 (031) 955-6777

ISBN 979-11-89282-80-6   03810

값 13,000원